왕양명 집안 편지

왕양명가서王陽明家書

왕양명 집안 편지

왕양명가서王陽明家書

박상수朴相水 번역

 도서출판 수류화개

일러두기

1. 태해출판사台海出版社에서 간행한 《왕양명가서王陽明家書》를 저본으로 삼았다.
2. 원문에서 낱글자가 누락된 경우 해당 글자마다 '■'로 표시하였다.
3. 원문에서 누락된 글자의 수를 확인하기 어려울 경우 '……'로 표시하였다.
4. 원문의 연자衍字는 ( )로 표시하였다.
5. 원문의 오자는 [ ]로 표시하고 바로잡았다.

해제

1. 운雲에서 수인守仁, 그리고 양명陽明으로

중국 명나라 정치가이자 철학자인 왕양명은 1472년 양력 10월 31일 절강성浙江省 여요현餘姚縣에서 태어났다. 5살 때까지 말을 못하였는데, 집안에서는 혹시라도 농아가 아닌가 의심할 정도였다. 어머니 정鄭씨가 그를 임신하였을 때, 할머니 잠岑씨가 오색구름을 타고 내려온 신선이 아이를 전해주는 태몽을 대신 꾸었기 때문에 '운雲'이라고 이름을 지었다. 그런데 '운' 자는 '비[雨]가 말[云]을 하지 못하게 위에 가려져 있는 모습'이니 말을 못하는 것은 당연하다는 승려의 조언에 따라 '수인守仁'으로 개명하자 말문이 트였다고 한다. '수인'이란 이름은 《논어論語》〈위령공衛靈公〉에 "지혜가 거기에 미치더라도 인仁으로 그것을 지키지 못하면 비록 얻더라도 반드시 잃게 될 것이다.[知及之 仁不能守之 雖得之 必失之]"라고 한 공자孔子의 말에서 가져왔다.

　이후 1502년(31세) 9월 하순에 어릴 적부터 앓던 폐결핵이 심해지자 치료를 위해 회계산會稽山 양명동陽明洞으로 들어가 수양을 하였다. 이러한 과정에서 효과를 보아 이듬해 9월에 병이 낫자 자신이 공부한 양명동을 평생 자신의 호로 삼아 '양명산인陽明山人'이라고 불렀다.

　왕수인王守仁은 정주학의 '성즉리性卽理' 대신 '심즉리心卽理'를 주장한 육구연陸九淵을 계승하여 양명학을 주창하였다. 그는 사람에게는 누구나 본연적 양심이 있기 때문에 이론적 학습을 통하지 않아도 인간의 본

〈 왕수인 초상 〉

래성이 구현될 수 있다는 '치양지설致良知說'을 주장하였다. 또한 인식과 실천은 본래 하나로 양심을 깨달아 그에 따라 실천해야 함을 강조한 '지행합일설知行合一說'을 주장하였다.

그의 철학의 핵심인 '심즉리心卽理'의 원형은 1508년부터 1510년까지 3년 동안 좌천되었던 용장龍場에서 시작되었다. 1506년(35세), 당시 최고 실세였던 환관 유근劉瑾의 비리를 고발하였다가 자신이 도리어 귀주성貴州省 용장龍場의 역승驛丞으로 쫓겨났다. 이곳은 풍토병도 심하고 생활이 매우 열악하여 고향에서 데려온 세 명의 종도 병으로 쓰러지는 것을 보고 나약한 인간존재에 대한 깊은 고민을 하게 되었다. 심지어 죽은 시체가 길에 나뒹구는 것을 목도하고 명리와 영욕에서 벗어나 새로운 깊은 철학적 사유에 빠져 고민하던 어느 날 '성인의 도는 나의 본성 속에 자족한 것[聖人之道 吾性自足]'이라는 사실을 깨달았다. 이를 '용장에서의 큰 깨달음[龍場大悟]'이라고 하였는데, 용장 이후 철학적 성립이 변하지 않았다는 말년의 회고를 살펴보면 이곳에서의 사유가 그의 철학의 기반과 완성이 동시에 이루어졌음을 확인할 수 있다.

이렇게 깨달음을 얻은 그는 1510년(39세)에 유근이 실각하고 처형되자 좌천에서 풀려나 북경으로 되돌아와 관리가 되어 자신의 학문을 가다듬고 제자를 길렀다. 1517년(46세)부터 약 4년 동안은 어사가 되어 각 지방의 도적떼를 토벌하고, 강서성 영왕寧王의 반란을 진압하였다. 왕수인은 이러한 일련의 사건들을 빠짐없이 가족들에게 보내는 편지에 고스란히 담았다.

2. 구성과 내용

차례		발송 연도 (나이)	수신인	내용
1	1	1511(40)	아버지 왕화王華	아버지와 할머니의 안부와 척추가 아픈 자신의 건강상태를 알림
	2	–		맏손자의 죽음을 애달파하는 아버지를 위로함
	3	1512(41)		환관들의 횡포를 전함
	4	1512(41)		할머니의 안부와 아버지의 건강을 염려함
	5	1518(47)		이강涮江의 적들을 진압함
	6	1519(48)		반란군을 진압하는 과정에서 생긴 일들을 전함
2	1	–	큰 숙부 극창克彰	학문을 닦는 것은 몸을 반성하고 자신을 이기는 데 있음
	2	1520(49)		창질에 걸린 아버지의 안부를 걱정함
3	1	1504(33)	매제 서중인 徐仲仁	외물의 유혹을 경계해야 함
	2	1507(36)		과거시험의 당락에 마음을 쓰지 말 것을 당부함
	3	1515(44)	아우	공부는 뜻을 세우는 것이 가장 우선임
	4	1516(45)	아우 백현伯顯	타고난 아름다움에 비해 나쁜 습관을 버리지 못하는 것을 걱정함
	5	1516(45)		정욕情慾을 함부로 하지 말 것을 당부함
	6	1516(45)	아우	방술方術에 빠지지 말고 바른 길로 가야 함
	7	1517(46)	아우 왈인曰仁 과 아우	도적떼를 소탕하러 가는 여정을 전하고 집안을 잘 단속하기를 당부함
	8	1516(45)	아우	반란군을 토벌하러 가는 자신의 심경을 전함
	9	1516(45)	아우	깊어진 나쁜 습관을 고쳐야 함
	10	1522(51)	아우	방탕하게 날을 보내지 말고 학문에 증진하기를 바람
	11	1525(54)	백경伯敬	비가 개고 나면 선산先山을 둘러보고 제방공사를 해야 함

차례		발송 연도 (나이)	수신인	내용
4	1	1527(56)	아들 정헌正憲	위정표魏廷豹에게 모든 집안일을 맡김
	2	1527(56)		위정표魏廷豹의 가르침을 따를 것을 당부함
	3	–		친아들 총아聰兒의 안부를 물음
	4	1527(56)		위정표魏廷豹·전덕홍錢德洪·왕여중王汝中과 잘 지내기를 당부함
	5	1527(56)		집안에 갈등을 일으키는 수도守度의 행실을 지적함
	6	1528(57)		반란군을 진압한 상황을 전함
	7	1528(57)		집안에 갈등을 일으키는 수도守度의 행실을 지적함
	8	1528(57)		향시의 낙방과 급제에 연연하지 말 것을 당부함
	9	1528(57)		덕홍과 여중은 북경으로 와서 과거시험을 볼 것을 당부함
5	1	1517(46)	처남 용명用明	학문에 힘쓰고 노력해야 함
6	1	1511(40)	처조카 제양백 諸陽伯	재능을 드러내지 말고 학문을 쌓아야 함
	2	1518(47)		도는 가까이 있으니 멀리서 구하지 말 것을 당부함
	3	1524(53)		격물치지格物致知에 관하여 알려줌
	4	1505(34)		도에 나아가기를 바라는 시를 부채에 적어서 보냄
7	1	1512(41)	외사촌 아우 문인방윤 聞人邦允	벼슬에 나아가는 문인방윤을 전송하며 벼슬에 힘을 쓸 것을 당부함
	2	1518(47)	외사촌 아우 문인방영 聞人邦英 ·문인방정 聞人邦正	과거시험에 마음이 동요되지 말고 학문에 노력할 것을 당부함
	3	1518(47)		과거공부와 성인의 학문은 상충되지 않음
	4	1520(49)		학문은 뜻을 세우는 것이 기본임

차례		발송 연도 (나이)	수신인	내용
8	1	1505(34)	외삼촌	안부를 물으며 시를 보냄
	2	1525(54)	외조카 정방서 鄭邦瑞	사당을 수리하는 일에 관하여 자신의 생각을 전함
	3	1525(54)		문서를 잘 정리할 것과 손녀의 혼인에 관하여 의견을 나눔

이 책은 아버지에게 보낸 편지 6편, 숙부에게 보낸 편지 2편, 아우들에게 보낸 편지 11편, 아들에게 보낸 편지 9편, 종조카들에게 보낸 편지 1편, 처남과 처조카에게 보낸 편지 4편, 외사촌 아우에게 보낸 편지 4편, 외조카에게 보낸 편지 3편으로 총 1권 40편으로 이루어져 있다. 그 중 처조카 제양백諸陽伯과 외삼촌에게 보낸 시가 2편(6-1, 8-1)이 있지만, 일반적인 서정이나 서경을 담기보다 시의 형식만 빌렸을 뿐 내용은 거의 편지에 가깝다. 편지는 1504년 34세 때부터 그가 사망하던 57세까지 학문적 완숙기에 보낸 것들임에도 불구하고 직접적으로 철학적 내용을 주고받은 처조카 제양백諸陽伯과 아우에게 보낸 2편의 편지(6-3, 3-3)를 제외하면, 모두 집안을 단속하거나 학문을 권하거나 자신의 안부를 전하는 일상적인 내용을 담았다.

그중 1518년(47세) 감주贛州에서 아버지에게 보낸 편지(1-5)에는 당시 강서성江西省 남안南安·감주贛州, 복건성福建省 정주汀州·장주漳州, 광동성廣東省 남웅南雄·소주韶州·조주潮州·혜주惠州, 호광성湖廣省 침주郴州 등지의 군무제독軍務提督을 맡고 있음이 적혀 있다. 이 해 1월에 도적떼를 진압하기 위해 출정하여 3월에 삼리三浰의 도적떼를 소탕하고 같은 달 벼슬에서 물러날 상소를 올리고 4월에 감주로 돌아왔던 긴박한 상황들을 그의 친필에서 확인할 수 있다.

"잔당들이 100여 명이 있기는 하지만 모두 세력이 다하고 힘이 달리는 상황이니 간절하게 투항하도록 타이르고 있으며, 지금도 그들의 사정을 들어주고 그들을 어루만지며 돈을 주어 원적지原籍地로 돌아가게 하고 있습니다. 다만 한스러운 것은 광동성廣東省과 광서성廣西省의 부강府江 곳곳의 묘적苗賊들이 저곳에서 해를 넘겼다는 것입니다. 강서성, 광동성, 호광성 3성省의 관병들이 비록 여러 번 적들을 물리치기는 했지만 적의 뿌리가 아직 흔들리지 않고 곧바로 다시 창궐하고 있습니다. 지금 들으니 저들이 또다시 크게 일어났다고 합니다. 만약 저곳의 병력을 제압하지 못한다면 형세상 반드시 원근에 소동이 일어날 것이니 앞으로의 근심꺼리입니다. 더구나 눈앞의 일들이 날로 어려워지고 숨은 근심이 날로 심해지는 상황이야 말해 무엇하겠습니까?

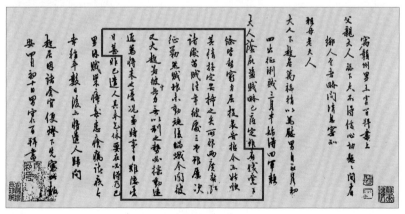

〈왕수인 간찰〉

[有殘黨百餘 皆勢窮力屈 投哀告招 今亦姑順其情 撫定安插之矣 所恨兩廣府江諸處

苗賊 經年彼處 三省 雖屢次征勦 然賊根未動 旋復昌熾 今聞彼又大起 若彼中兵力

無以制之 勢必搖動遠近 爲將來之憂 況兼時事日難 隱憂日甚]"

3. 《왕양명가서》를 주목하는 이유

흔히 양명하면 그의 철학에만 주목하고 그의 일상적인 개인 생활은 그
다지 관심을 기울이지 않았다. 그러나 이 책은 병부兵部 무선사武選司 주
사主事로 임명되던 33세부터 그가 사망하던 57세 때까지 가족들에게 보
낸 그의 심경과 가족들에 관한 사랑을 살펴볼 수 있다. 특히 전체 40편의
편지 가운데 양자 왕정헌王正憲에게 보낸 편지가 9편으로 가장 많다. 양

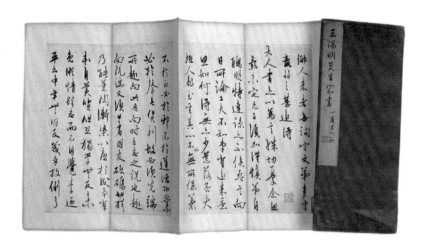

〈 왕양명선생가서 〉

명은 55세가 될 때까지 아들을 낳지 못하자, 아버지 왕화의 명에 따라 44세 때 사촌 아우 왕수신王守信의 다섯째 아들 왕정헌(당시 8세)을 양자로 삼는다. 이후 55세 때 측실에게서 겨우 아들 왕정억王正億을 얻었다. 이러한 과정에서 나타난 그의 다양한 심경을 이 책에서 엿볼 수 있다.

> "총아聰兒는 요사이 어떻게 기르고 있느냐? 늘 강보에 싸서 젖을 먹이되 너무 지나치게 먹이거나 따뜻하게 해서는 안된다.
>
> [聰兒近來撫育如何 一應襁褓乳哺 不得過於飽暖]"
>
> (아들에게 보낸 편지, 4-3)

4. 전통과 낯섦의 조화

전통적으로 가서家書의 형태로 편집된 자료는 존재하지 않지만, 새롭게 편집된《증국번가서曾國藩家書》와 《부뢰가서傅雷家書》는 많은 독자들에게 호응을 받고 있다. 이 책 역시 2017년에 왕양명의 편지글 가운데 가족들에게 보낸 것들만 뽑아서 묶은 것이다. 시대의 변화에 따라 사람들의 책읽기 방식과 목적도 변하여 엄정한 철학과 정제된 문학작품을 좋아하는 사람이 있는 반면, 조금은 느슨한 일상과 작가의 감정을 공유할 수 있는 빈틈 많은 문장에 호감을 느끼는 사람도 있다. 평생《증국번가서》를 손에서 놓지 않고 애독한 모택동毛澤東도 후자에 속한다 하겠다.

끝으로 전통의 편집을 고수하는 것도 중요하지만, 새로운 가공을 거쳐 다양한 주제로 선현들의 글을 소개하는 것도 옛사람과 오늘날을 이어주는 새로운 가교가 아닐까 싶다. 책을 출간할 때마다 느낀 것이지만 교정은 언제나 지난하고 고통스럽다. 이처럼 힘든 과정을 처음부터 끝까지 마다하지 않고 잘 정리해주신 이병욱 선생님께 감사를 드린다.

구일헌九一軒에서 원고를 마무리 짓자,
때마침 봄비가 내려 한참을 감상하다.

제1장
아버지께
올리는 편지

1. 어머니께서 잘 지내시는 것을 위안 삼으며

북경에 사는 아들 수인守仁이 여러 번 절하고 아버지[1]께 편지를 올립니다

🔵 정덕正德 6년(1511, 40세)에 보낸 편지이다. 당시 왕수인은 이부吏部 6품 주
사主事의 신분으로 북경에서 관직생활을 하고 있으면서 심한 허리 통증을 앓
아 벼슬을 그만 두고 싶은 마음이 간절하였다. 그러나 현실은 마음 같지 않아
겨울과 여름에 입을 옷을 보내주기를 아버지께 부탁하였다. 아버지 왕화王華
는 편지를 보내기 한 해 전인 1510년 4월에 환관인 유근劉瑾에게 뇌물을 바쳤
다는 이유로 탄핵을 받게 되는데, 왕수인은 상소문을 올려 억울함을 풀려고
하였지만 아버지의 반대로 실행하지 못하였다.

지난달 왕수王壽와 내륭來隆이 북경을 떠나 기주祁州[2]에서 배를 타고
돌아갔으니, 날짜를 계산하면 지금쯤 집에 도착하였을 것입니다. 요사
이 할머니와 어머니[3]께서 잘 지내시는 것이 위안이 되며, 저희 자식들도
평안히 잘 지내고 있습니다. 며느리들은 북경에 오지 않는 것이 제일 좋
겠지만 막지 못한다면 집안 사람이나 며느리 한 명을 데리고 옷상자 한

---

1 아버지 : 왕화王華(1446~1522)이다. 자는 덕휘德輝이고, 호는 실암實庵·해일옹海日
   翁·용산선생龍山先生이다. 명나라 때의 대유학자이자 철학가이다. 저서로《용산고龍
   山稿》등이 있다.
2 기주 : 지금의 하북성河北省 안국시安國市를 이른다.
3 어머니 : 계모繼母 조씨趙氏로, 왕수인의 생모 정씨鄭氏는 왕수인의 나이 13살에 죽었다.

두 개 정도만 가지고 가볍게 행차하시는 것이 좋겠습니다. 저에게 오시더라도 오래 머물 수 없습니다. 작년에 강서성江西省에 갔을 때처럼 괜히 먼 길을 허비할 뿐입니다. 내륭이 고향으로 떠난 뒤로 이곳에는 아무도 없습니다. 만약 며느리들이 오지 않겠다고 한다면, 한 명에게 겨울옷과 여름옷을 가지고 편하신 대로 배를 태워 보내주십시오.

　저는 요사이 정신과 기혈을 소모하여 몸이 약해져 척추가 아픈지 벌써 4~5년이나 되었는데 요즘들어 더욱 통증이 심합니다. 관직을 사직하고 고향으로 돌아가고 싶은 저의 생각은 단지 요즘 세상 형편을 고려한 것일 뿐만 아니라 몸도 걱정이 되어서 그렇습니다. 아버지께서 집 뒤꼍에 누각을 지으신다는 말을 들었는데, 아주 힘이 드실 것입니다. 기둥을 세우는 일들도 쉽지 않을 것이니 그냥 단층으로만 지으시는 것도 괜찮을 것 같습니다. 여요현餘姚縣[4]의 고향집을 분가하는 것은 어떻게 하셨는지요? 결국 분가하는 것이 집안을 보존하는 계책이 될 것입니다.

　서매부徐妹夫[5]는 아주 잘 있습니다. 회계현會稽縣 이대윤李大尹[6]에 편지를 올립니다. 곁에서 부모님을 모실 기약이 없어 서신을 마치면서 지극한 그리움을 감당할 수가 없습니다.

---

4 여요현 : 지금의 절강성浙江省 여요시餘姚市로, 명나라 때는 소흥부紹興府에 속해 있었다.

5 서매부 : 서애徐愛(1487~1517)를 이른다. 자는 왈인曰仁·중인仲仁이고, 호는 횡산橫山이다. 명나라 관리이자 철학가이다. 기주지주祁州知州·남경병부원외랑南京兵部員外郎 등을 지냈다. 왕수인의 매부이면서 최초의 제자이다. 왕수인 형제는 4남(수인守仁·수검守儉·수문守文·수장守章) 1녀로, 서애는 여동생의 남편이다.

6 이대윤 : 이무李懋(?~?)를 이른다. 자는 시면時勉이고, 호는 고렴선생古廉先生이다. 시호는 문의文毅·충문忠文이다. 한림시독翰林侍讀·국자감좨주國子監祭酒 등을 지냈다. 저서로《고렴집古廉集》이 있다.

1511년 5월 3일, 아들 왕수인은 여러 번 절하고 편지를 올립니다.

寓都下男王守仁百拜書上父親大人膝下.

前月王壽與來隆去, 從祁州下船歸, 計此時想將到家矣, 邇惟祖母老大人·母大

人, 起居萬福爲慰.

男輩亦平安. 媳婦輩能遂不來極好, 倘必不可沮, 只可帶家人·媳婦一人, 衣箱

一二隻, 輕身而行. 此間決不能久住, 只如去歲江西, 徒費跋涉而已. 來隆去後,

此間却無人. 如媳婦輩肯不來, 須遣一人帶冬夏衣服, 作急隨便般來.

男邇來精神氣血, 殊耗弱, 背脊骨作疼已四五年, 近日益甚, 欲歸之計, 非獨時

事足慮, 兼亦身體可憂也. 聞欲起後樓, 未免太勞心力. 如木植不便, 只蓋平屋

亦可. 餘姚分析事, 不審如何, 畢竟分析爲保全之謀耳.

徐妹夫處甚平安. 因會稽李大尹行便, 奉報平安. 省侍未期, 書畢, 不勝瞻戀

之至.

五月三日, 男王守仁百拜.

2. 마음을 너그럽게 가지시고 슬픔을 푸시기 바라오며

아들 수인守仁이 여러 번 절하고 아버지께 편지를 올립니다

● 언제 보낸 편지인지 자세하지 않다. 왕수인은 28세에 회시에 합격하고 호부戶部에서 벼슬하면서, 자신이 북경 국자감에서 공부하던 때(22세~25세)까지 지은 시문을 모은《상국유上國遊》를 아버지에게 보냈다. 왕수인은 28살에 호부에서 벼슬할 때 이동양李東陽이 주도한 관각체館閣體 문학을 공부하면서 자신의 시문 형식이 바뀌게 된다. 그래서 이전에 자신이 지은 시문을 정리한 것이다.

회계현會稽縣 주부主簿[7]인 역창易昶이 와서 보내신 편지를 받아보고 안부를 자세히 알게 되어 매우 위안이 되었습니다. 저와 매서妹婿는 모두 잘 지냅니다. 다만 북쪽 변방에서 전해오는 소식들이 매우 급한데, 어제는 병부兵部에서 이부吏部로 보낸 이문移文[8]을 보니, 봉양鳳陽 등 여러 곳에서 말과 사람들을 징발하여 북쪽으로 올려 보내라고 하였습니다. 그래서 북경 원근에 사는 사람들이 마음에 안정을 찾지 못하고 있습니다. 저와 매서는 다만 임기가 차면 곧바로 배를 타고 동쪽 고향으로 갈 생각입니다. 다만 행장을 꾸려줄 사람이 필요한데, 왕정王禎 등은 나타

---

7 주부 : 문서나 사무를 담당하던 명나라 관직으로, 정9품에 해당한다.

8 이문 : 동등한 아문衙門에 보내는 공문서를 이르는 말로, '공이公移'라고도 한다.

나지도 않습니다. 또 그에게 그림 그릴 때 필요한 천도 사오게 하였는데 아직도 받지 못하였습니다.

 맏손자의 죽음은 골육의 아픔이지만 연로하신 회포에 모쪼록 마음을 너그럽게 가지시고 슬픔을 푸십시오. 그래도 다행인 것은 할머니께서 건강하시고 어린 아우들은 나이가 젊으니 장래의 복을 오히려 쌓을 수 있을 것입니다. 도제道弟[9]는 요사이 어떻습니까? 모쪼록 잘 조섭하여 부모님과 형제들에게 근심을 끼치지 않게 하십시오.

 전청錢淸과 진윤陳倫이 북경에서 고향으로 돌아가는 편에 급하게 안부 편지를 드립니다. 작은 책[10] 1권을 드리니 보십시오. 많이 부치지는 못합니다. 1권은 양태수梁太守[11]에게 보내고, 1권은 산음현山陰縣[12] 임주부任主簿에게 보내주십시오.

 28일, 아들 수인은 여러 번 절하고 편지를 드립니다.

男守仁百拜父親大人膝下.

會稽易主簿來, 得書, 備審起居, 萬福爲慰, 男與妹婿等俱平安. 但北來邊報甚急,

昨兵部得移文, 調發鳳陽諸處人馬入援, 遠近人心未免倉黃. 男與妹婿只待滿期,

卽發舟而東矣. 行李須人照管, 禎兒輩久不見到, 令渠買畫絹, 亦不見寄來.

長孫之夭, 骨肉至痛, 老年懷抱, 須自寬釋, 幸祖母康强, 弟輩年富, 將來之福,

---

9 도제 : 이름에 도道자가 들어가는 아우라는 뜻으로, 왕수검王守儉의 아들 왕정감王正感을 이른다. 왕정감의 아명이 이도二道이다. 왕수검은 왕수인의 아우이다.

10 작은 책 : 왕수인이 자신의 시문을 정리한 《상국유上國遊》를 이른다.

11 양태수 : 소흥부지부紹興府知府 양교梁喬(?~?)를 이른다. 자는 천지遷之이다.

12 산음현 : 명나라 때 소흥부紹興府에 속했던 곳이다.

尙可積累. 道弟近復如何? 須好調攝, 毋貽父母兄弟之憂念.

錢淸·陳倫之回, 草草報安. 小錄一冊奉覽, 未能多寄. 梁太守一冊, 續附山陰任主簿.

廿八日, 男守仁百拜.

3. 자신을 반성해보니 세상을 속이고 이름을 훔친 응보라

아버지께 올립니다

🔵 정덕正德 7년(1512, 41세)에 보낸 편지이다. 왕수인은 35세 때 조정에 비판적인 글을 올려 귀주貴州로 귀양을 갔다. 이후 귀양살이를 마치는 배경에 자신의 아버지와 함께 과거에 합격한 황순黃珣을 통하여 환관 유근劉瑾에게 뇌물을 준 일이 있었다. 이 일로 왕수인은 북경 사람들에게 많은 신임을 잃었다.

왕양명의 매부 서애徐愛가 1512년 1월에 북경에 와서 왕수인을 만났고, 3년 근무 기간을 마치던 6월에 왕수인의 첫 번째 문인이 되었다. 당시 서애는 6개월 동안 공부하면서 《전습록傳習錄》상권 전반부를 편집하였다.

추관推官 모백온毛伯溫[13]이 북경에 오면서 요사이 아버지의 안부를 자세히 알게 되어 매우 기뻤습니다. 아우의 병은 아직도 회복되지 않았고, 연로하신 할머니는 갈수록 쇠약해져 스스로 일어나지도 못하고 있습니다. 양일청楊一淸[14]선생의 만류 때문에 병으로 사직하는 것도 모두 뜻을 이루지 못하였으니, 자못 저의 운명이 매우 곤란한 상황입니다. 자신의 몸을 나라에 허락하는 것이 신하의 신분인데 이러한 곤란한 상황을 당

---

13 모백온(1482~1545) : 자는 여려汝厲이고, 호는 동당東塘이며, 시호는 양무襄懋이다. 형부상서刑部尙書 등을 지냈다. 저서로《동당집東塘集》등이 있다.

14 양일청(1454~1530) : 자는 응령應寧이고, 호는 수암邃庵이며, 시호는 문양文襄이다. 우도어사右都御史 등을 지냈다. 저서로《양문양공집楊文襄公集》등이 있다.

해 물러나는 것은 매우 불가능한 일입니다. 그러나 이때 조정의 위치와 자신의 처지를 종합하여 경중을 헤아린다면 물러날 수 있는 이유가 있을 것입니다. 이 때문에 마음 속의 감정에 얽매여서는 안됩니다. 만약 그렇지 않다면 조정에 충성과 신하된 도리를 다하여 나의 마음이 할 수 있는 것을 다하고 죽어야 할 것입니다. 그러하니 또 어찌 여기에서 머뭇머뭇 관망하면서 반드시 떠날 길을 찾겠습니까?

어제 평소 일면식도 없던 어떤 한 유생이 편지를 저에게 보내왔는데, "직언으로 간쟁하지도, 떠나지도 못하면서 어지럽게 망해가는 것을 앉아서 지켜만 보고 계시니, 집사께서 지금 벼슬하시는 것이 가난을 해결하기 위한 목적입니까? 아니면 도를 실천하기 위해서입니까? 일찍이 스스로 명쾌하게 결단하지도 못하고 평생 추구하던 것들을 모두 다 방기하고 있으니, 뒷날 아무리 후회해본들 어찌 미칠 수 있겠습니까?"라고 꾸짖는 말을 읽고는 참으로 부끄러웠습니다.

교유하는 친구들 가운데도 일찍이 이러한 뜻으로 서로 기롱하는 사람들이 있습니다. 이는 모두 평소에 덕을 쌓는 데에 힘쓰지 않고 한갓 헛된 이름만 훔치다가 마침내 오늘을 초래하고 말았습니다. 사대부들은 그 실상을 고려하지 않고 잘못 지적만 하고 있습니다. 마침 또 이러한 진퇴양난의 처지를 만났으니 끝내 장차 어떻게 대답해야 하겠습니까? 제 자신을 반성해보니 이는 대개 세상을 속이고 이름을 훔친 응보입니다. 《주역》에서 "등에 짐을 지고 수레를 탔으니 도적을 부른 것이다."[15]

---

15 등에……것이다 : 《주역周易》 해괘解卦 육삼효六三爻에 "짐을 등에 진 미천한 사람이 군자가 타야 할 수레를 탔는지라, 도둑을 불러들인 것이다.[負且乘 致寇至]"라는 구절이 있다.

라고 한 것과 같습니다.

북경 근처와 산동지역에 도적떼가 시도 때도 없이 출몰하고 있습니다. 하남河南의 대장군[16]을 막 잃으니 도적들의 기세가 더욱 오르고 있습니다. 변방부대는 오랫동안 내지에 머물고 있어 피로함이 매우 심하고 기강이 느슨해져 모두 싸울 의지조차 없으며, 또 군중에는 원망하는 말들이 생겨나고 있으니 변방의 장수인들 어찌해볼 도리가 없습니다. 아울러 전염병이 많은 상황에다 군량미도 부족하고 창고의 곡식도 이미 안팎으로 고갈되었습니다.

그런데도 조정에서 사용하는 비용은 매일매일 많아져 궁중에서 생활하는 황제의 양자養子들과 라마승, 광대와 배우들의 수가 수천으로 헤아릴 만한데, 이들은 모두 비단옷을 입고 산해진미를 먹고 있습니다.

최근에는 양자養子를 위해서 왕부王府를 짓고 라마승들이 사찰을 화려하게 꾸미고 있습니다. 그러면서 비용이 부족하면 훈공을 세운 신하들의 집안과 황제의 친인척들의 집안과 권신들의 집안에 독촉하여 받아내기도 하고, 또 양자들의 가솔들을 이끌고 태감부太監府 내신들의 집에 쌓아놓은 것들을 두루 찾아내기도 하며, 또 황태후에게 요구하기도 하고, 또 사람을 시켜 태후에게 간청하여 궁을 벗어나 잔치를 하고 술자리에서는 여러 광대들과 함께 태후에게 상을 내릴 것을 요구하기도 합니다. 어떤 사람들은 사람을 시켜 태후를 속여 궁 밖으로 유람을 가도록 해놓고는 몰래 사람을 시켜 태후궁으로 들어가 뒤져 찾는 대로 다 차지하였습니다. 태후가 궁으로 돌아오려고 하면 궁문을 지키는 사람들로

---

16 하남의 대장군 : 풍정馮禎(?~1512)을 이른다. 도독첨사都督僉事를 지냈고 정덕正德 7년(1512)에 반란군인 조수趙鐩와 교전 중에 전사하였다.

하여금 태후를 들어오지 못하게 하고 한사코 궁으로 들어오는 데 필요하다는 명목으로 약간의 돈을 요구하기도 합니다. 이후 태후를 놓아주어 궁으로 들어오게 하니 태후가 슬픔을 이기지 못하면서도 다시 목 놓아 울 수도 없는 상황입니다. 또 여러 차례 사람을 보내 태후에게 출궁을 하도록 청하였지만 태후의 주위에 있는 사람들에게 협박을 당해 감히 떠날 수도 없는 상황이고, 떠날 때도 끊임없이 많은 보상을 요구하고 있습니다. 간혹 태후가 곁에 있는 사람들에게 뇌물을 주고서라도 간간히 간청이 받아들여지는 것이 다행입니다. 황궁 안팎에서 북소리와 화포소리가 밤낮으로 끊임없이 시끄럽게 울려대는데, 오직 몹시 바람이 불 때나 병이 창궐할 때면 그제서야 하루 이틀 잠잠합니다. 신하와 백성들은 이러한 상황에 익숙하여 지금은 그다지 놀라거나 이상하게 생각지도 않습니다.

영재永齋[17]가 정권을 장악하고 있어 상황은 점점 예측하기 어려운 지경입니다. 한 집안에 백작伯爵이 2명, 도독都督이 2명, 도지휘都指揮와 지휘指揮가 열 몇 명, 천백호千百戶가 수십 명이고, 저택과 묘역과 상점이 북경 밖으로는 몇 리나 이어져 있습니다. 도성 안 30여 곳에는 곳곳마다 길 쪽으로 향한 가게들이 있는데 백 개 단위로 셀 정도입니다. 곡谷과 마馬[18]와 같은 여러 집도 이와 마찬가지입니다.

---

17 영재 : 장영張永(1465~1529)을 이른다. 명나라 무종武宗 때의 환관으로 팔호八虎로 꼽혔던 사람이다. 팔호는 무종의 총애를 받은 여덟 명의 환관을 이르는 말로, '팔당八黨'이라고도 한다. 팔호는 유근劉瑾·장영張永·마영성馬永成·곡대용谷大用·위빈魏彬·고봉高鳳·나상羅祥·구취丘聚이다.

18 곡과 마 : 곡谷은 곡대용谷大用(?~?)이고, 마馬는 마영성馬永成(?~?)이다. 모두 환관으로 팔호八虎에 속하는 사람들이다.

서까래가 서로 마주하고 궁실에 거행되고 있는 토목공사는 전례가 없던 것입니다. 대신들은 분주히 권문세가들에게 달려가 점점 다시 유근劉瑾[19]이 전횡하던 때의 모습으로 되돌아가고 있습니다. 장영의 간교함과 교활함은 흉적 유근 때보다 심하여 위로 백성들의 원망을 전가시키고 아래로 의도를 가지고 은혜를 베푸니 그의 궁극적인 욕망이 어디에 있는지 끝내 모르겠습니다.

봄에 황하[20]가 갑자기 3일 동안 맑아졌고, 패주覇州 등지는 하루에 12번이나 지진이 일어났습니다. 각 성省마다 산사태가 나고 지진이 나며 별이 떨어지는 등의 여러 변괴가 날마다 일어나고 있습니다. 13개의 성[21] 가운데 우리 절강성과 남직예南直隸만 도둑이 없습니다. 요사이 소문에 여러 곳에 있는 병사들은 교활하여 한 곳에 머물러 꼼짝도 하지 않으니, 마치 폐단을 이용하려는 생각이 있는 듯합니다. 각 변방의 지모가 있는 장군들도 모두 내지에 주둔하면서 변방으로 돌아가 지키지 못하고 있으니 이는 모두 사람의 꾀로는 해결할 방법이 없습니다. 칠매七妹[22]가 이미 북경에 도착하여, 처음 만나자 마자 슬픔에 한참을 오열하였습니다. 이후 며칠 동안 매우 기뻐 병도 가라앉고 안색도 평안해졌습니다. 이는 모두 고향을 그리워하고 부모님과 형제들을 만나고 싶어도 만나지 못하였

---

19 유근(?~1510) : 중국 명나라 때의 환관으로 본래의 성姓은 담談이다. 황제의 측근으로 정치를 문란하게 하고, 실권을 장악하는 등 횡포가 극심하였다.

20 황하 : 청하淸河에서 유포柳浦까지를 이른다.

21 13개의 성 : 명나라 중기에는 영토가 13개의 성과 남북 2개의 직할성으로 나뉘어져 있었다.

22 칠매 : 왕수인에게는 막내 여동생이 있었는데, 일곱 번째 항렬에 속하는 누이동생이란 뜻이다.

기 때문에 마침내 이렇게 된 것이지 저에게 다른 병은 없습니다. 아울러 누이동생은 제가 남쪽 고향으로 돌아갈 계획이 있다는 말을 듣고, 머지 않아 함께 고향으로 돌아갈 생각에 또한 매우 기뻐하니 누이동생의 병 도 곧 나을 것 같습니다. 또 다른 좋은 소식은 최근 누이가 임신을 하여 8월이면 출산을 한다는 것입니다.

이부吏部에서는 "그대는 업무평가가 6월에 끝이 난다."고 하였고, "그대 는 기주祁州에서 도적들이 만연하여 업무를 수행하기 어렵기 때문에 심 사숙고하여 지주사知州事를 해직하고 싶지만, 북경의 직위로 자리를 바 꿀 경우 3년 동안 벼슬한 경력이 아깝고, 승진시키려고 할 경우 또 벼슬 한 햇수와 이력이 너무 부족하다는 생각이 드니 업무평가가 끝나면 천 천히 생각해보라."라고 하였습니다. 또 "그대가 결단코 남쪽으로 내려가 려고 하니 이러한 견해는 참으로 옳다."라고 하였습니다. 제가 만약 남경 南京으로 임지가 바뀌게 된다면 누이동생과 함께 갈 수 있을 것입니다.

수암邃庵[23]이 최근 또한 애써 사직을 요구하였는데, 이는 정치적 상황 으로 부득이한 일이었습니다. 장영이 이미 극성을 부리고 있지만 결단 코 무너지지 않을 리 없을 것입니다. 그러나 수암이 처음 벼슬에 나아간 것은 실제로 장영을 통해 황제에게 천거되었는데, 환관 유근의 낭패를 거울삼는다면 한심한 노릇이 아니겠습니까? 그사이에 끼어 있는 제 자 신도 말하기 어려운 점이 있어 마치 벙어리가 귀신을 보고서도 곁에 있 는 사람에게 말하지 못하고 두려워만 하는 것과 같습니다.

---

23 수암 : 양일청楊一淸의 호이다.

서애西涯[24]와 같은 여러 원로들이 지난번 도적 유근을 위해 세운 비석의 글씨가 다 사라지지도 않았는데 지금 또다시 장영의 공덕을 칭송하고 있으니 부끄럼조차 없고, 수암도 면직되지 않고 있습니다. 궁중에 있는 양자와 조금 황제의 신임을 받는 무리와 크게 신임을 받는 사람들이 서로 틈이 벌어져 변란이 일어나 하루 사이에도 상황을 헤아리기 어려우니, 다만 양자강을 건너 남쪽으로 돌아간 뒤에야 비로소 목숨을 보존할 수 있을 것입니다.

조정의 일이 이러한 지경에 이르렀는데, 이 역시 길흉화복의 운수이니 집안의 온갖 일들은 모두 미리부터 벼슬에서 물러나 은거할 계획을 세워야 할 것입니다. 아우들은 독서하고 도를 배우고 농사짓고 순박하고 성실한 일에 참여하게 할 수 있으니, 일체 시장의 시끌벅적하게 남을 속이는 무리들과 사귀게 해서는 안 됩니다. 충실하고 미덥고 욕심 없이 담백한 어진 사람을 가까이 하게 한다면 습관이 바뀔 것입니다. 오로지 선을 쌓고 복을 기르는 데 힘쓰고 겸손하게 남에게 사양하는 것으로 마음을 삼게 하여야 할 것입니다. 3~40년 사이에 천하의 일이 또 어떨지 모르겠습니다.

제가 말씀드리는 것은 모두 실제로 제가 이와 같이 목격한 것이니 미래의 일은 크게 다르지 않을 것입니다. 이는 종이 위의 묵은 자취를 바탕으로 장황하게 떠벌리는 서생書生들의 쓸데없는 말과 비교할 수 없습니다. 오늘날 사람은 또한 견해는 미치지만 믿음이 미치지 못할 뿐입니다.

여요의 일도 반드시 일찍 계획하여야 합니다. 아버지께서는 결단코

---

24 서애 : 이동양李東陽(1447~1516)의 호이다. 자는 빈지賓之이고 시호는 문정文正이다.

피혐避嫌하지 마시고 다만 자신의 가엽게 여기는 마음과 고른 마음과 양보하는 마음을 믿는다면 곧바로 해결될 것입니다. 이것이 세속에서 벗어나 가장 깨끗하게 하는 방법일 것입니다. 어지럽게 뒤엉킨 상황을 과단성 있게 해결하지 못하면 그 과정에 병통이 생길 것입니다. 돌아가 아버지를 모실 날을 점차 기약할 수 있지만 돌아갈 길은 아직도 난감합니다. 머리를 들어 남쪽 하늘을 쳐다보니 그리움을 이길 길 없습니다.

아들 수인守仁은 절하고 편지를 드립니다.

추신 : 산건山巾과 포두包頭[25] 두 개를 보냅니다.

父親大人膝下.

毛推官來, ■大人早晚起居出入之詳, 不勝欣■, 弟恙尙未平, 而祖母桑楡暮■, 不能■. 爲楊公所留, 養病致仕皆未能遂, 殆亦命之所遭也. 人臣以身許國, 見難而退, 甚爲不可. 但於時位出處中, 較量輕重, 則亦尙有可退之義, 是以未能忘情, 不然, 則亦竭忠盡道, 極吾心力之可爲者, 死之而已, 又何依違觀望於此, 以求必去之路哉!

昨有一儒生, 素不相識, 以書抵男, 責以旣不能直言切諫, 而又不能去, 坐視亂亡, 不知執事今日之仕, 爲貧乎? 爲道乎? 不早自決, 將擧平生而盡棄, 異日雖悔, 亦何所及等語, 讀之良自愧歎.

交遊之中, 往往有以此意相諷者, 皆由平日不務積德, 而徒竊虛名, 遂致今日.

---

25 산건과 포두 : 산건山巾은 산 속 은사隱士가 쓰는 두건이고, 포두包頭 역시 두건의 일종이다.

士夫不考其實, 而謬相指目, 適又當此進退兩難之地, 終將何以答之? 反己自度, 此殆欺世盜名者之報, 易所謂負且乘, 致冠至者也.

近甸及山東盜賊奔突, 往來不常. 河南新失大將, 賊勢愈張. 邊軍久居內地, 疲頓解弛, 皆無鬪志, 且有怨言, 邊將亦無如之何. 兼多疾疫, 又乏糧餉, 府庫外內空竭.

朝廷費出日新月盛, 養子·番僧·伶人. 優婦居禁中以千數計, 皆錦衣玉食.

近又爲養子蓋造王府, 番僧崇飾塔寺, 資費不給, 則索之勳臣之家, 索之戚裏之家, 索之中貴之家, 又帥養子之屬, 遍搜各監內臣所蓄積, 又索之皇太后. 又使人請太后出飮, 與諸優雜劇求賞, 或使人紿太后出遊, 而密遣人入太后宮, 檢所有盡取之. 太后欲還宮, 令宮門毋納, 固索錢若干, 然後放入. 太后悲咽不自勝, 復不得哭. 又數遣人請, 太後爲左右所持, 不敢不至, 至卽求厚賞不已. 或時賂左右, 間得免請爲幸. 宮苑內外, 鼓噪火炮之聲晝夜不絕, 惟大風雨或疾病, 乃稍息一日二日. 臣民視聽習熟, 今亦不甚駭異.

永齋用事, 勢漸難測. 一門二伯. 兩都督, 都指揮·指揮十數, 千百戶數十, 甲第·墳園·店舍, 京城之外, 連互數里. 城中卅餘處, 處處門面, 動以百計. 谷·馬諸家, 亦皆稱是.

檳棨相望, 宮室土木之盛, 古未有也. 大臣趨承奔走, 漸復如劉瑾時事, 其深奸老滑, 甚於賊瑾, 而歸怨於上, 市恩於下, 尙未知其志之所存, 終將何如.

春間黃河忽淸者三日, 霸州諸處一日動地十二次, 各省來奏山崩地動·星隕災變者, 日日而有. 十三省惟吾浙與南直隸無盜. 近聞■中諸兵頗點桀, 按兵不動, 似有乘弊之謀, 而各邊謀, 將又皆頓留內地, 不得歸守疆場, 是皆有非人謀所能及者.

七妹已到此, 初見, 悲咽者久之. 數日來喜極, 病亦頓減, 顔色逐平復. 大抵, 皆因思念鄉土, 欲見父母兄弟而不可得, 遂致如此, 本身却無他疾, 兼聞男有南圖, 不久當得同歸, 又甚喜, 其羌想可勿藥而愈矣. 又喜近復懷姙, 當在八月間.

日, 仁考滿在六月間. 日, 仁以盜賊難爲之故, 深思脫離州事. 但欲改正京職, 則又可惜虛却三年曆俸, 欲遷升, 則又覺年資尙淺. 待渠考滿後, 徐圖之. 日, 仁決意求南, 此見亦誠是. 男若得改南都, 當遂與之同行矣.

邃庵近日亦苦求退, 事勢亦有不得不然. 蓋張已盛極, 決無不敗之理, 而邃之始進, 實由張引, 覆轍可鑑, 能無寒心乎? 中間男亦有難言者, 如啞子見鬼, 不能爲傍人道得, 但自疑怖耳.

西涯諸老, 向爲瑾賊立碑, 槌磨未了, 今又頌張德功, 略無愧恥, 雖邃老亦不免. 禁中養子及小近習與大近習交構已成, 禍變之興, 旦夕叵測. 但得渡江而南, 始復是自家首領耳.

時事到此, 亦是氣數. 家中凡百, 皆宜預爲退藏之計. 弟輩可使讀書學道, 親農圃朴實之事, 一應市囂虛詐之徒, 勿使與接, 親近忠信恬淡之賢, 變化氣習, 專以積善養福爲務, 退步讓人爲心. 未知三四十年間, 天下事又當何如也!

凡男所言, 皆是實落見得如此, 異時分毫走作不得, 不比書生據紙上陳跡, 騰口漫說. 今時人亦見得及, 但信不及耳.

餘姚事, 亦須早區劃, 大人決不須避嫌, 但信自己惻怛之心·平直心·退步心, 當時了却, 此最脫灑, 牽纏不果, 中間亦生病痛. 歸侍雖漸可期, 而歸途尙爾難必. 翹首天南, 不勝瞻戀.

男守仁拜書.

外, 山巾及包頭二封.

4. 자연, 산과 강에서 마음 내키는 대로 생활하시길 기원하며

북경에 사는 아들 수인이 여러 번 절하고 아버지께 편지를 올립니다

🔵 정덕正德 7년(1512, 41세)에 보낸 편지이다. 왕수인은 이 해 3월에 고공청
리사考功淸吏司 낭중郎中으로 승진하였고, 이 해부터 많은 학생을 받아 가르쳤
다. 12월에는 남경태복사南京太僕司 소경少卿으로 승진하여 고향 여요현餘姚
縣을 들렀다. 도중에 자신의 매부이자 첫 번째 제자인 서애徐愛에게 《대학》에
관하여 설명하였다.

항주杭州의 차인差人[26]이 북경에 도착하여, 아버지의 안부와 유람하시
며 즐겁게 지내시는 소식을 듣고는 기쁘고 위안되는 마음을 이길 길 없
었습니다. 곧이어 편지를 받고는 24번째 숙부께서, ……참으로 절로 운
수가 있으니 어찌 ……갔을 때는, 참으로 즐거운 일은 영원하지 않으니
인생이란 것이 마치 얹혀 사는 것과 같습니다. 옛날 달관했던 사람들은
성품에 맞게 순박하게 살면서 세속에서 벗어나 가문의 구속을 버리고
본성을 수양하고 욕심 없이 활달했던 것이 참으로 이유가 있었습니다.

아버지께서는 연세가 일흔에 가까워, 기공期功[27]의 제도도 예법상 미

---

26 차인 : 각 관아에 소속되어 잡일을 하는 사람을 이른다.

27 기공 : 기복期服과 공복功服을 이른다. 기期는 1년 동안 입는 상복이고, 공功은 9개
   월 동안 입는 대공大功과 5개월 동안 입는 소공小功을 이른다.

치지 못하는 부분이 있으니, 절로 편안하고 즐겁게 지내시며 자연에서 산과 강에서 마음 내키는 대로 생활하시기 바랍니다. 목재木齋[28]·설호雪湖[29]와 같은 원로들은 때때로 계산稽山과 감호鑑湖 등지를 방문하고 유람하면서 세속의 때를 벗어버리고 건강을 보양하고 있습니다. 이처럼 위로는 할머니께서 더욱 장수하시고, 아래로는 자손들에게 복을 내려주게 된다면 경사스럽고 다행스러울 것입니다.

저는 한결같이 잘 지내고 있습니다. 칠매七妹는 8월이 출산달인데 몸이 평소보다 더욱 좋습니다. 올케와 시누이들은 요즘도 화목하게 지내고 있습니다. 이부吏部에서 "그대의 업무평가는 다음 달 초순에 결정이 난다."라고 하였습니다. 저의 출처와 거취는 '그대는 북경에 오라.'고 하는 말을 기다렸다가 계획이 이미 결정이 되면 아버지께 말씀드리겠습니다.

하남성河南省의 도적들은 점차 평정이 되고는 있지만 숨어 있는 도둑들에 관한 상황은 아직 예측하지 못하고 있습니다. 산동山東도 조금 소강상태이기는 하지만 유칠劉七[30]은 끝내 잡히지 않았습니다. 사천四川과 강서江西 지역에서 비록 때때로 승리의 소식이 있기는 하지만 반란을 일으키는 사람들이 다시 적지 않습니다. 심지어 군량미가 계속 공급이 되지 않고 군마도 부족하여 변방의 군대는 날로 피로하며 유랑민들의 곤

---

28 목재 : 사천謝遷(1449~1531)의 호이다. 자는 어교於喬이고, 시호는 문정文正이다. 명나라 때 대신으로 성화成化 11년(1475)에 장원급제하였다. 일품대학사一品大學士로 사후에 태부太傅로 추증되었다.

29 설호 : 풍란馮蘭(?~1520)의 호이다. 자는 패지佩之이다. 명나라 때 벼슬하였고, 벼슬에서 물러나서 설호별장雪湖別莊을 짓고 사천謝遷과 이웃하고 살았다.

30 유칠(?~?) : 농민반란군의 우두머리로, 정덕正德 5년(1510) 하북성河北省 패주霸州에서 형 유육劉六과 함께 반란을 일으켰다. 하북河北과 하남河南, 산동山東과 호광湖廣 등지에서 3년간 반란을 지속하였다.

궁함은 말로 할 수 없을 지경입니다. 그런데도 묘당廟堂은 참으로 편안하고 태평성대의 즐거움을 앉아서 즐기고 있습니다. 이후로 황제는 더욱 재앙과 근심을 가벼이 여기고 더욱 마음껏 즐겁게 놀아, 재앙이 아울러 일어나고 비방이 날로 심해지니 이런 상황에서 식견이 있는 사람들이 무엇을 기대하겠습니까?

수성守誠[31]의 처는 몸을 맡길 곳이 없어 장매부張妹夫만 홀로 돌려보냈습니다. 대낭자大娘子[32]에게는 조만간 사람이 없을 것이니 모쪼록 아들에게 옮겨와 살도록 해야 할 것입니다. 여섯 번째 아우[33]는 이미 길을 나섰다고 들었는데, 지금도 아직 도착하지 않았습니다. 여요餘姚의 가족도 이미 분가하여 따로 살고 있고, 각자 살림을 관리하여 황폐한 지경에는 이르지 않았다고 들었으니 이 또한 잘 처리한 한 가지 일입니다.

올해 나라의 토지장부를 작성할 때 농사를 짓는 척박한 곳과 친척들이 우리 집에 붙여 놓은 땅[34]은 전례에 따라 처리하고 거절하는 것이 좋겠습니다. 현재의 상황이 이러하니 자손들을 위하여 계획하는 사람들은 다만 편안함을 남겨주고 농사를 줄여야 자손들이 토지로 인한 누가 마침내 가벼워질 수 있습니다.

조팔구趙八舅[35]는 요사이 농민들이 돈으로 벼슬을 사는 사례에 따라 돈을 굳이 상납하려고 하니 막을 수도 없습니다. 어제 이미 통고한 상황

31 수성(?~?) : 왕수인의 아우로 추정된다.

32 대낭자 : 정실이나 본처나 결혼한 여자를 높여 이르는 존칭이다. 여기서는 누구인지 정확하지 않다.

33 여섯 번째 아우 : 왕수온王守溫을 이른다.

34 우리 집에……땅 : 명나라 때 세금징수를 피하기 위하여, 서류상으로 자신의 땅을 친척의 이름으로 올려놓는 경우를 이른다.

으로 그에게 다만 창장倉場[36]을 관리하는 반열에 배정되어, 조만간 남쪽으로 돌아갈 것 같습니다.

아홉째 아우의 병은 요사이 어떻습니까? 몸이 만약 아직 건강하지 않다면 책 읽는 것도 마땅히 느슨히 하고 모쪼록 왕사여王司輿[37]에게 보내 공부하게 하십시오. 마음을 맑게 하고 욕심을 적게 한다면 장래 순수하고 훌륭한 선비가 될 것이니, 힘써 영예롭게 벼슬을 구하는 데 힘쓸 필요가 없을 것입니다.

수문守文과 수장守章 아우도 마땅히 도덕을 갖춘 선비를 가려 문자를 배워야 하지만 반드시 글을 지을 필요는 없고 다만 중요한 것은 익숙히 읽고 강구하고 뜻을 밝히는 것입니다. 제가 근세 사람들의 자제들 가운데 크게 성취하지 못하는 것은 모두 부모가 가르치는 것이 좁고 그에 대한 기대가 낮아서 그렇습니다. 사람들이 와서 수문의 자질과 성품은 매우 남다르니 작은 성취만으로 그에게 기대해서는 안 된다고 하였습니다.

인편을 통해 안부편지를 드리고, 고향으로 돌아가 언제나 모실지 기약할 수 없습니다. 편지를 다 쓰고 나니 그리운 마음을 이길 길 없습니다.

윤閏 5월 11일 아들 수인守仁은 백번 절하고 편지를 드립니다.

---

35 조팔구 : 왕양명의 계모繼母는 조씨趙氏로, 계모 쪽으로 여덟 번째 항렬에 속하는 외삼촌을 이른다.

36 창장 : 관아에서 곡식을 수납하던 곳을 이른다.

37 왕사여 : '사여司輿'는 왕문원王文轅(?~?)의 자다. 또 다른 자는 사여思興·사유思裕이며, 호는 황거자黃舉子이다.

寓都下男王守仁百拜, 書上父親大人膝下.

杭州差人至, 備詢大人起居遊覽之樂, 不勝喜慰, 尋得書, 乃有廿四叔■■■■■■固自有數, 胡乃適■■時, 信乎樂事不常, 人生若寄. 古之達人所以適情任性, 優遊物表, 遺身家之累, 養眞恬曠之鄕, 良有以也.

伏惟大人年近古稀, 期功之制, 禮所不逮, 自宜安閑愉懌, 放意林泉, 木齋·雪湖諸老, 時往一訪稽山·鑑湖諸處, 將出一遊. 洗脫世垢, 攝養天和, 上以增祖母之壽, 下以垂子孫之福, 慶幸慶幸.

男等安居如常, 七妹當在八月, 身體比常甚佳. 婦姑之間, 近亦頗睦. 日, 仁考滿亦在出月初旬, 出處去就, 俟日仁至, 計議已定, 然後奉報也. 河南賊稍平, 然隱伏者尙難測, 山東勢亦少減, 而劉七竟未能獲, 四川·江西, 雖亦時有捷報, 而起者, 亦復不少. 至於糧餉之不繼, 馬疋之乏絕, 邊軍之日疲, 流氓之愈困, 殆有不可勝言者, 而廟堂之上, 固已晏然, 有坐享太平之樂. 自是而後, 將益輕禍患, 愈肆盤遊, 妖孽竝興, 饞諂日甚, 有識者, 復何所望乎!

守誠妻無可寄托, 張妹夫只得自行送回. 大娘子早晚無人, 須搬渠來男處, 將就同住. 六弟聞已起程, 至今尙未見到. 聞餘姚居址亦已分析, 各人管理, 不致荒穢, 此亦了當一事.

今年造冊, 田業之下瘠者, 親戚之寄托者, 惟例從刊省, 拒絕之爲佳. 時事如此, 爲子孫計者, 但當遺之以安, 田業鮮少, 爲累終輕耳.

趙八舅, 近因農民例開, 必欲上納, 阻之不可, 昨日已告通狀, 想亦只在倉場之列, 不久, 當南還矣.

九弟所患, 不審近日如何? 身體若未壯健, 誦讀亦且宜緩, 須遣之從王[黃][38]司

---

38 [黃] : '황黃' 자는 '왕王'자와 발음이 같아 잘못 쓴 것이다.

興遊. 得淸心寡欲, 將來不失爲純良之士, 亦何必務求官爵之榮哉!

守文·守章, 亦宜爲擇道德之師, 文字且不必作, 只涵詠講明爲要. 男觀近世人家子弟之不能大有成就, 皆由父兄之所以敎之者陋, 而望之者淺.

人來, 說守文質性甚異, 不可以小就待之也. 因便報安, 省侍未期, 書畢, 不勝瞻戀.

閏五月十一日, 男守仁百拜書.

5. 아버지의 은덕에 힘입어 도적들은 안정이 되었으니

감주贛州에 사는 아들 수인은 여러 번 절하고 아버지께 편지를 올립니다

🔵 정덕 13년(1518, 47세)에 보낸 편지이다. 당시 강서성江西省 남안南安·감주贛州, 복건성福建省 정주汀州·장주漳州, 광동성廣東省 남웅南雄·소주韶州·조주潮州·혜주惠州, 호광성湖廣省 침주郴州 등지의 군무제독軍務提督을 맡고 있었다. 이전 해 2월에 장남漳南의 도적떼를 토벌하였고, 10월에 횡수橫水를 평정하였다. 1518년 1월에 출정하여 3월에 삼리三浰의 도적떼를 소탕하고, 같은 달 벼슬에서 물러날 상소를 올리고 4월에 감주로 돌아왔다.

오랫동안 편지를 받지 못해 간절히 그리웠습니다. 그간 고향사람들이 와서 간략하나마 소식을 물어 할머니와 아버지께서 편안히 잘 계신다는 소식을 듣고는 조금 위안이 되었습니다. 저는 1월 4일 군사를 이끌고 가서 이강浰江[39]의 적들을 물리치고 3월 중순에야 군사를 돌렸으니, 이는 모두 아버지의 은덕에 힘입어 도적들이 이미 조금 안정되었습니다. 비록 잔당들 100여 명이 있기는 하지만 모두 세력이 다하고 힘이 달리는 상황이니 간절히 투항하도록 타이르고 있으며, 지금도 그들의 사정을 들어주고 그들을 어루만지며 돈을 주어 원적지原籍地로 돌아가게 하

---

39 이강 : 광동성廣東省 화평현和平縣 경내에 있는 강 이름이다.

고 있습니다. 다만 한스러운 것은 광동성廣東省과 광서성廣西省의 부강府江[40] 곳곳의 묘적苗賊들이 저곳에서 해를 넘겼다는 것입니다. 강서성, 광동성, 호광성 3성省의 관병들이 비록 여러 번 적들을 물리치기는 했지만 적의 뿌리가 아직 흔들리지 않고 곧바로 다시 창궐하고 있습니다. 지금 들으니 저들이 또다시 크게 일어났다고 합니다. 만약 저곳의 병력을 제압하지 못한다면 형세상 반드시 원근에 소동이 일어날 것이니 앞으로의 근심꺼리입니다. 더구나 눈앞의 일들이 날로 어려워지고 숨은 근심이 날로 심해지는 상황이야 말해 무엇하겠습니까?

어제 이미 북경으로 사람을 보내 본말을 갖추어 휴가를 청하는 상소를 올렸으니 반드시 휴가를 얻으려고 합니다. 저는 이곳 이강의 도적들 소굴에서 장독瘴毒을 앓고 몸에는 부스럼과 같은 여러 가지 병들을 앓고 있지만 지금은 다행히 조금 나았습니다. 며칠 뒤에 다시 사람을 보내 안부 인사를 드리겠습니다. 창장관원倉場官員 편에 편지를 보내고 등불 밑에서 이렇게 안부편지를 드립니다.

4월 10일 아들 수인守仁은 여러 번 절하고 편지를 드립니다.

寓贛州男王守仁百拜書上父親大人膝下.

久不得信, 心切懸懸, 間有鄕人至者, 略問訊息, 審知祖母老大人. 大人下起居萬福, 稍以爲慰. 男自正月初四出征浰賊, 三月半始得回軍. 賴大人蔭庇, 盜賊略已底定. 雖有殘黨百餘, 皆勢窮力屈, 投哀告招, 今亦姑順其情, 撫定安插之

---

40 부강 : 광서성廣西省 계강桂江을 이른다.

矣. 所恨兩廣府江諸處苗賊, 經年彼處三省, 雖屢次征勦, 然賊根未動, 旋復昌熾. 今聞彼又大起, 若彼中兵力無以制之, 勢必搖動遠近, 爲將來之憂. 況兼時事日艱, 隱憂日甚,

昨已遣人具本乞休, 要在必得乃已. 男因賊巢瘴毒, 患瘡癘諸疾, 今幸稍平, 數日後亦將遣人歸問起居. 因諸倉官便, 燈下先寫此報安.

四月初十日, 男守仁百拜書.

6. 역적들은 오래지 않아 단연코 사로잡힐 것이며

길안吉安[41]에 사는 아들 수인은 여러 번 절하고 아버지께 편지를 올립니다

🏵 정덕正德 14년(1519, 48세)에 보낸 편지이다. 복주福州의 도적떼를 토벌하러 가는 길에 6월 15일 복건성 풍성豊城에 도착하니 영왕寧王 주신호朱宸濠가 반란을 일으켰다는 소식을 듣고 길안吉安으로 되돌아갔다. 주신호는 자신의 둘째 아들을 아들이 없는 무종武宗의 양자養子로 들여보내 황제가 되게 할 계획을 세웠으나 뜻대로 되지 않았다. 이후 무종과 사이가 좋지 않아 반란을 일으켰다. 왕수인은 2만 명의 군사를 거느리고, 43일 만에 주신호가 일으킨 반란을 진압하였다.

강서성江西省에 난리[42]가 나서 어제 파견한 내륭來隆이 돌아와 보고하였는데, 내용은 대략 이와 같았습니다. 지금 영왕寧王[43]은 아직 성도 남창南昌에 머물고 있으면서 감히 멀리 나올 생각도 하지 않고, 성도를 벗

---

41 길안 : 강서성江西省 남창南昌 남서쪽 장강贛江 유역의 중심지로 양자강 유역과 영남 지방을 잇는 요충지이다.

42 강서성에 난리 : 정덕正德 14년(1519) 왕자인 영왕寧王이 강서성江西省 남창南昌에서 반란을 일으켰다. 영왕은 6월 14일 18만 명의 군대를 이끌고 반란을 일으켰지만 43 일 만에 왕수인에 의해 진압이 되었다. 당시 왕수인이 복건성福建省의 반란을 진압 하러 가던 도중 영왕이 반란을 일으킨 것을 알고 그의 근거지인 남창南昌을 포위하 고, 4일 뒤에 주신호와 교전하여 그를 사로잡았다. 왕양명은 주신호와 전부터 교유 가 있었기 때문에 북경의 시기심 많은 관리들은 왕양명이 모반을 꾀하고 있으며 관 군이 진격했기 때문에 할 수 없이 주신호를 공격했다고 모함하였다.

어나면 제가 자신들이 없는 성도를 공격하고 뒤를 밟을까 걱정하고 있습니다. 제가 이곳에서 징집한 군사들도 조금씩 모여들고 있고 충성과 의리의 기세가 날로 거세지고 있습니다. 천도天道와 인사人事를 살펴보면 이 역적들은 오래지 않아 단연코 사로잡힐 것입니다.

어제 영왕이 파견한 사람이 저에게 항복하라는 격문檄文을 가지고 길안에 도착하여, 제가 그 사신의 목을 베려고 하였는데 격문을 가지고 온 사신은 바로 참정參政 계효季斅[44]였습니다. 이 사람은 평소에 훌륭한 선비인데 또 어쩔 수 없는 상황에서 나온 일이니, 잠시 사형을 보류하고 묶어서 감옥에 가두어 두었습니다. 영왕이 이미 병사를 일으켜 풍성豊城[45]에 와서 여러 곳으로 군대를 분산시켜 놓고 기회를 살펴 군사를 움직이려고 합니다.

제가 걱정하는 것은 북경은 너무 멀어 당장 보고하더라도 즉시 전달되지 못하는 것입니다. 보고를 올리고 나서 장수들에게 명하여 군대를 보내면 늦어서 시기를 놓칠 것이기에 걱정입니다.

저는 고향에 돌아가고픈 마음이 하루 이틀이 아니고 서둘러 이를 도모한 것이 벌써 2년이나 되었는데, 지금은 마침내 난리에 몸이 빠져들고 말았습니다. 신하의 의리상 이러한 상황에 어찌 구차하게 달아날 수 있겠습니까? 경사의 명령이 이르기를 기다린 뒤에 감히 이전의 간절한 사정을 건의하려고 합니다. 또한 난리가 조금 안정이 된 뒤에는 감히 서둘

---

43 영왕 : 반란을 일으킨 주신호朱宸濠(1476~1521)를 이른다.

44 계효(?~?) : 자는 언문彦文이고, 호는 문봉文峰이다. 공을 세워 광서좌참정廣西左參政에 올라 부임하기 위해 강서성 남창南昌을 지나다가 영왕에게 가족들과 함께 사로잡혀 왕수인에게 사신을 가게 되었다. 이후 왕수인에 의해 석방되었다.

45 풍성 : 지금의 강서성江西省 풍성시豊城市이다. 명나라 때는 남창부南昌府에 속한 현縣이었다.

러 고향으로 달려갈 결심입니다.

엎드려 바라건대 아버지께서 몸을 아끼시면 저의 여러 아우들도 반드시 아버지께 효도를 다할 것입니다. 아침저녁으로 불효를 저지르는 아들을 염려하지 마시기 바랍니다. 하늘도 저의 한결같은 염려와 진실한 정성을 불쌍히 여겨 온전히 고향으로 돌아가 아버지께 절을 올릴 날이 반드시 머지않을 것입니다. 순검巡檢 편에 급히 편지를 드립니다. 편지를 마주하니 마음이 다급하고 어지러워 무슨 말씀을 드려야할지 모르겠습니다.

7월 초 2일

寓吉安男王守仁百拜書上父親大人膝下.

江省之變, 昨遣來隆歸報, 大略想已如此. 時寧王尚留省城, 未敢遠出, 蓋慮男之搗其虛, 躡其後也. 男處所調兵亦稍稍聚集, 忠義之風日以奮揚, 觀天道人事, 此賊不久斷成擒矣.

昨彼遣人齎檄至, 欲遂斬其使, 奈齎檄人乃參政季斅, 此人平日善士, 又其勢亦出於不得已, 姑免其死, 械系之. 已發兵至豊城諸處分布, 相機而動.

所慮京師遙遠, 一時題奏無由卽達. 命將出師, 緩不及事, 爲可憂爾.

男之欲歸已非一日, 急急圖此已兩年, 今竟陷身於難. 人臣之義至此, 豈復容苟逃幸脫! 惟俟命師之至, 然後敢申前懇. 俟事勢稍定, 然後敢決意馳歸爾.

伏望大人陪萬保愛, 諸弟必能勉盡孝養, 旦暮切勿以不孝男爲念. 天苟憫男一念血誠, 得全首領, 歸拜膝下, 當必有日矣. 因聞巡檢便, 草此. 臨書慌憒, 不知所云.

七月初二日.

제 2 장
큰 숙부에게
올리는 편지

• 뜻이 서게 되면 학문은 절반이 이루어진 셈이니
• 아버지께서 창질에 걸리셨다는 소식에 마음이 괴로워

1. 뜻이 서게 되면 학문은 절반이 이루어진 셈이니

큰 숙부 극창克彰[1]께 드립니다

🔵 언제 보낸 편지인지 자세하지 않다. 왕수인이 56세(1527) 때 제자 위양필魏良弼(1492~1575)에게 보낸 편지에 무선무악無善無惡이 심체心體이고, 유선유악有善有惡이 의의意이며, 지선지악知善知惡이 양지良知이고, 위선거악爲善去惡이 격물格物이라고 하였다. 또한 선념善念과 악념惡念이 없는 것이 심체心體라고 설명하고 있는 것으로 보아 왕수인의 생애 전반을 관통하는 학문체계가 이 편지를 보낼 때 이미 완성되었음을 확인할 수 있다.

이별하고 나서 오랜 시간이 지났는데 편지를 드리지 못했습니다. 보내신 시詩를 받아보고 요사이 학문에 더욱 발전이 있음을 알았습니다. 비록 중간에 말뜻이 모두 아름답지는 않았지만 평범치 않은 정취는 이 시대 사람들보다 한층 더 높다 하겠습니다. 원컨대 장차 고명하게 사색을 하고 깊이 의리義理를 깨달아 힘써 자신을 되돌아보는 데 마음을 다하며 논리를 정립하고 말을 꾸미는 데 서두르지 말아야 하니, 만약 그렇게 한다면 밖으로만 내달리는 병통이 있게 될 것입니다. "선한 생각이 비로소 생겼지만 악한 생각은 그대로네."라고 말씀하신 것은 또 실제로 학문

---

1 극창(?~?) : 호는 석천石川이고, 왕수인의 큰 숙부로, 아우 수장守章의 스승이다.

에 힘을 썼다는 것을 알 수 있지만, 다만 이 부분에 대해 모쪼록 맹렬히 살펴야 하니, 어찌하여 이렇겠습니까? 습관에서 벗어나지 못하고 얽매이기 때문이 아니겠습니까?

세속 선비들의 학설이 세상에 유행하고부터 학자들은 오직 구이지학口耳之學[2]을 일삼고 다시 자신을 반성하거나 사욕을 극복하는 도가 있다는 것을 모릅니다. 오늘날 자신을 반성하고 사욕을 극복하려고 하면서도 오히려 구이지학을 일삼는 것에 만족한다면 이는 진실로 마땅히 구이지학에 구애되어 학문에 발전이 없을 것입니다.

대저 나쁜 생각은 습관이고 선한 생각은 본성입니다. 본성이 습관에 빠지는 것은 뜻이 서지 못하는 원인이 됩니다. 그래서 무릇 학자는 습관 때문에 뜻이 바뀌거나 습관이 본성을 제압하게 된다면 이는 오직 통렬히 그 뜻을 극복하는 데 힘써야 합니다. 이를 오랫동안 하면 뜻도 점점 서고 뜻이 서게 되면 습관은 점점 사라질 것입니다. 학문은 뜻을 세우는 데 근본을 두고 있으니 뜻이 서게 되면 학문은 이미 절반이 이루어진 셈입니다. 이것은 제가 요사이 직접 터득한 것이니 가벼이 내버리지 마십시오.

약초若初[3]는 과거에 좌구명左丘明과 굴원屈原에게 뜻을 두어 당시 그와 함께 학문을 논할 겨를이 없었으니 지금 생각하면 애석합니다. 약초는 진실로 자질이 아름다워 제가 벼슬에서 물러나게 되면 약초와 함께 강론하여 평소의 바람을 마치려고 하니 마땅히 만날 날이 있을 것입니다.

---

2 구이지학 : 귀로 듣고 입으로 말하는 천박한 학문을 이르는 말로, 얻어 들은 것을 체득하지 않고서 곧바로 남에게 전하는 학문을 이른다.

3 약초 : 누구인지 자세하지 않다.

그와 만났을 때 저의 이 뜻을 전해주시면 서로 학문을 갈고 닦는 데에 힘써 성취가 있음에 이를 것입니다. 가는 인편이 있어 서둘러 쓰느라 자세하지 않습니다.

與克彰太叔.

別久, 缺奉狀, 得詩, 見邇來進修之益, 雖中間詞意未盡純瑩, 而大致加於時人一等矣. 願且玩心高明, 涵泳義理, 務在反身而誠. 毋急於立論飾辭, 將有外馳之病. 所云善念才生, 惡念又在者, 亦足以見實嘗用力, 但於此處須加猛省, 胡爲而若此也? 無乃習氣所纏耶!

自俗儒之說行, 學者, 惟事口耳講習, 不復知有反身克己之道. 今欲反身克己, 而猶狃於口耳講誦之事, 固宜其有所牽縛而弗能進矣.

夫惡念者, 習氣也. 善念者, 本性也, 本性爲習氣所汩者, 由於志之不立也. 故凡學者爲習所移, 氣所勝, 則惟務痛懲其志. 久則志亦漸立. 志立而習氣漸消. 學本於立志, 志立而學問之功, 已過半矣. 此守仁邇來所新得者, 願毋輕擲.

若初往年亦常有意左·屈, 當時不暇與之論, 至今缺然. 若初誠美質, 得遂退休, 與若初了夙心, 當亦有日. 見時爲致此意, 務相砥勵以臻有成也. 人行, 遽不一一.

2. 아버지께서 창질에 걸리셨다는 소식에 마음이 괴로워

큰 숙부 극창克彰께 드립니다

🔵 정덕正德 15년(1520, 49세)에 보낸 편지이다. 1518년 왕수인의 할머니가 세상을 떠났다. 당시 왕수인의 아버지 왕화王華는 나이 70세가 넘어 3년상을 치르는 데 무리가 있었다. 이를 염려한 왕수인이 자신의 아버지는 일반적인 상례를 적용하기 어려우니 건강하게 지내기 바라는 마음을 아버지에게 전해달라고 하였다.

요사이 숙부께서 도덕과 학업이 날로 증진하시리라 생각합니다. 그러나 요즘 같은 말세의 풍속에 남들을 깨우쳐 바로잡아주고 경계하며 격려하는 일에 관하여 아마도 뭇 암컷들 가운데 외로운 수컷[4]이 부르짖는 탄식을 면치 못할 것으로 생각되는데, 숙부께서는 어떠신지요? 인제印弟[5]는 자질이 용렬하여 매우 심력을 소모할 텐데, 그래도 요사이는 조금

---

4 뭇 암컷들……수컷 : 《한창려집韓昌黎集》〈치조비조雉朝飛操〉에 "꿩이 푸드덕 날아오르는구나. 아침 햇살에 여러 암컷과 한 수컷이 의기가 펄펄 넘치네. 동쪽으로 가려다 간 서쪽으로 가고, 쪼아 먹으려다간 날기도 하며, 날다가 쪼다가 하면서, 뭇 암컷이 울어대네. 아! 나는 비록 사람인데도, 일찍이 저 꿩만도 못했도다. 세상에 나서 나이 칠십이 되도록, 아내도 첩도 하나 없으니.[雉之飛 于朝日 群雌孤雄 意氣橫出 當東而西 當啄而飛 隨飛隨啄 群雌粥粥 嗟我雖人 曾不如彼雉鷄 生身七十年 無一妾與妃]"라는 구절이 있다. 원래는 아내가 없는 남자를 비유하여 이르는 말이지만 여기서는 많은 소인에 대한 외로운 어진 사람을 이른다.

좋아지고 있다니 또한 기쁩니다. 스승에게 귀하게 여겨지는 것은 제자
가 가르침을 잘 함양하여 화육化育하는 것임은 말하지 않아도 아실 것
입니다. 대개 스승이 정성스럽지 않다면 제자를 감동시킬 수 없습니다.
여기에서 또한 자기의 덕성을 징험할 수 있을 것입니다. 인편을 통해 말
씀을 드리지만 말이 뜻을 다 전달하지는 못합니다.

　1월 26일 교지教旨를 받아보니, 저에게 총병總兵과 각 관좌官佐와 함께
죄수들을 압송하여[6] 남경南京에 머물러 있으라고 하였습니다. 행차가 무
호蕪湖[7]에 이르러 다시 교지를 받아보니 강서江西로 돌아가 병사들과 군
인들을 어루만져 위로하라고 하였습니다. 이는 모두 황상의 뜻에서 나
온 것이니 달리 염려할 것은 없었습니다. 집안 식구들은 모두 안심하시
고 남들의 말에 의혹되지 마시기 바랍니다. 다만 집안 식구들을 엄히
잘 다스리고 집안 청소를 잘 하면서 청정하고 검소함으로 스스로를 지
키며 겸허하고 남에게 낮추는 자세로 사람들을 대하는 것은 다 나에게
달려 있을 뿐이니 이밖에 더 염려할 것은 없습니다. 정헌正憲[8]의 무리들
은 아직 어리지만 이 뜻을 잘 일러주시기 바랍니다.

---

5 인제 : 넷째 아우 왕수장王守章을 이르는데, 그의 자가 백인伯印이다. 왕수인의 아버
　지 왕화王華는 왕수인의 어머니 정씨鄭氏가 세상을 떠나자 계모 조씨趙氏와 측실 양씨
　楊氏를 두었다. 첫째 왕수인은 첫째 아내인 정씨가, 둘째 왕수검王守儉과 넷째 왕수장
　王守章은 양씨가, 셋째 왕수문王守文과 막내딸은 조씨가 낳았다.

6 죄수들을 압송하여 : 정덕正德 15년(1520), 반란을 일으킨 주신호朱宸濠를 남창南昌에
　서 남경南京까지 압송하도록 하였다.

7 무호 : 남서 방향에 조류藻類가 많이 서식한다고 하여 무호蕪湖로 불리게 되었다.
　한漢나라 때 둔 현縣으로, 소재지는 안휘성 무호시 동쪽에 있었다.

8 정헌 : 왕수인은 44살(1515) 때 아버지 왕화王華의 명에 따라 사촌 아우 왕수신王守信
　의 다섯째 아들 왕정헌王正憲을 자신의 양자로 삼는데, 당시 왕정헌은 8살이었다. 이
　후 55살(1526)에 측실에게서 아들 왕정억王正億을 얻었다.

　요사이 편지를 받고 아버지께서 건강이 좋지 않다는 소식을 들었습니다. 그래서 제 마음이 매우 괴롭습니다. 노인은 다만 주연을 즐기고 즐겁게 노는 것으로 일을 삼고 일체의 모든 집안일들은 내팽개쳐두는 것이 마땅하니, 때때로 이러한 저의 뜻을 말씀드려 주십시오. 이렇게 된다면 집안의 다행일 것이니 그렇게 되기를 매우 바랍니다. 일이 조금 안정되면 곧바로 먼저 돌아갈 기약을 말씀드리겠습니다. 모든 집안일들은 오로지 큰 숙부의 가르침과 돌보심에 의지하고 있습니다. 일일이 다 말씀드리지 않겠습니다.

　연로하신 아버지께서 창질瘡疾에 걸리셨는데도 집으로 돌아가 모시지도 못해 밤낮으로 매우 괴롭습니다. 이러한 상황을 이른바 '건너고 싶어도 다리가 없고 날고 싶어도 날개가 없다.'고 하는 것입니다. 최근 내성來誠이가 와, 아버지께서 차츰 건강을 회복하신다는 것을 알고 비로소 조금 위안이 되었습니다. 조만간 다시 큰 숙부께서도 너그럽게 저의 이러한 마음을 기쁘게 하여주십시오. 연로하신 아버지께서 지금도 상차喪次[9]에서 기거하신다는 말을 들었으니 사람을 놀라고 걱정스럽게 하였습니다. 연로하고 쇠약하신 분이라 처자와 자손들이 밤낮으로 모시고 명을 받들어야 하는데 오히려 거처가 혹시라도 불편하실까 걱정입니다. 그런데 어찌 다시 외롭고 병들어 고생하시면서 이렇게 상을 치러야 하겠습니까? 설령 선왕의 예법을 모두 다 따르더라도 나이가 70세인 사람은 또한 상복만 입고 술을 마시고 고기를 먹으며, 내실에서 지내고 맛난 음식을 가는 곳마다 준비해야 하는데, 더구나 지금 아버지의 연세가 75세

---

9 상차 : 중문中門 밖 상주가 머무는 방을 이른다.

인데도 오히려 이렇게 외롭고 고독하게 지내시니 처자와 자손들이 어찌 절로 마음이 편하겠습니까?

만약 할머니께서 저승에 계시면서 아들이 이렇게 슬픔으로 몸을 상하고 이렇게 외롭게 지낸다는 것을 아신다면 할머니의 마음이 어떠하시겠습니까? 연로하신 분들은 어찌 자손들이 애틋하게 염려하는 마음을 생각해주지 않습니까? 더구나 예법에도 너무 지나쳐 사람들에게 이어나가게 할 수가 없어, 현명하고 지혜로운 사람들도 할 수 없이 따라야 할 것이니, 간곡히 아버지를 이해시켜 반드시 집 안에 들어와 편안히 지내시도록 해주십시오. 그렇게 한다면 아랫사람에게 조만간 시중을 받들게 하도록 하겠습니다. 때때로 일찍이 놀면서 안락하고 상쾌하고 즐겁게 하여 건강을 잘 보양하신다면 이것이 바로 자손들의 무궁한 복일 것입니다. 이러한 말은 자식들이 감히 곧바로 말씀드릴 수가 없으니 오직 큰 숙부께서 오직 저를 위해 완곡하게 말씀하시어 반드시 따르도록 해주시기를 천만 바랍니다.

정헌正憲이 독서를 통해 과거에 급제하거나 공명을 세우는 등의 일은 모두 바라지 않습니다. 다만 그에게 효도와 공경을 가르치고 싶을 뿐입니다. 내성이 돌아가는 편에 급히 쓰고 이만 줄입니다.

與克彰太叔.

日來德業想益進修, 但當兹末俗, 其於規切警勵, 恐亦未免有群雌孤雄之歎, 如何? 印弟凡劣, 極知有勞心力, 聞其近來稍有轉移, 亦有足喜. 所貴乎師者, 涵育薰陶, 不言而喻, 蓋不誠未有能動者也. 於此亦可以驗己德, 因便布此, 言不盡意.

正月廿六日得旨, 令守仁與總兵各官解囚至留都. 行及蕪湖, 復得旨回江西撫定軍民. 皆聖意有在, 無他足慮也. 家中凡百安心, 不宜爲人搖惑, 但當嚴緝家衆, 掃除門庭, 清靜儉朴以自守, 謙虛卑下以待人, 盡其在我而已, 此外無庸慮也. 正憲輩狂稚, 望以此意曉諭之.

近得書, 聞老父稍失調, 心極憂苦. 老年之人, 只宜以宴樂戲遊爲事, 一切家務, 皆當屏置, 亦望時時以此開勸, 家門之幸也. 至祝至祝! 事稍定, 卽當先報歸期. 家中凡百, 全仗訓飭照管, 不一.

老父瘡疾, 不能歸侍, 日夜苦切, 眞所謂欲濟無檝, 欲飛無翼. 近來誠到, 知漸平復, 始得稍慰, 早晚更望太叔寬解怡悅其心. 聞此時尚居喪次, 令人驚駭憂惶. 衰年之人, 妻孥子孫日夜侍奉承直, 尚恐居處或有未寧, 豈有復堪孤疾勞苦如此之理! 就使悉遵先王禮制, 則七十者, 亦惟衰麻在身, 飲酒食肉 處於內, 宴飲從於遊可也. 況今七十五歲之人, 乃尚爾煢煢獨苦若此, 妻孥子孫, 何以自安乎?

若使祖母在冥冥之中 知得如此哀毀, 如此孤苦, 將何如爲心? 老年之人, 獨不爲子孫愛念乎? 況於禮制亦自過甚, 使人不可以繼, 在賢知者亦當俯就, 切望懇懇勸解, 必須入內安歇, 使下人亦好早晚服事. 時嘗遊嬉宴樂, 快適性情, 以調養天和. 此便自爲子孫造無窮之福. 此等言語, 爲子者不敢直致, 惟望太叔爲我委曲開譬, 要在必從而後已, 千萬千萬! 至懇至懇!

正憲讀書, 一切擧業功名等事, 皆非所望, 但惟教之以孝弟而已. 來誠還, 草草不盡.

제3장
아우들에게
보내는 편지

- 시속에 휘둘리지 말고 물건의 유혹에 이끌리지 말아야
- 과거 시험장에서 크게 자신의 생각과 견해를 펼쳐야
- 대저 학문이란 뜻을 세우는 것보다 우선하는 것이 없으니
- 자질이 아름답기는 하지만 나쁜 습관이 제거되지 않았으니
- 정욕을 함부로 하면서 삶을 되돌아보지 않는 짓을 걱정하며
- 방술에 의혹되거나 바르지 못한 길로 빠져서는 안되니
- 사방으로 나누어 진군하였으니 적을 잡을 수 있을 것이고
- 산 속과 동굴 속의 도적들을 남김없이 섬멸하여
- 나쁜 습관이 이미 깊어진 뒤에는 치료하기 어려우니
- 집안에서 방탕하게 날을 보내게 해서는 안 되니
- 비가 너무 많이 와서 여러 무덤은 가서 살펴봐야겠으니

1. 시속에 휘둘리지 말고 물건의 유혹에 이끌리지 말아야

서중인徐仲仁[1]에게 보내다

🔵 홍치弘治 17년(1504, 33세)에 보낸 편지이다. 당시 서애徐愛는 17세로 절강성浙江省에서 시행된 향시에 참가하였지만 입격하지 못하였다. 이후 3년이 지나 과거에 합격하고 나서 왕수인을 스승으로 모시게 된다. 서애는 왕수인의 여동생에게 장가들 만큼 왕수인의 아버지 왕화王華의 기대를 한 몸에 받았다. 이러한 그에게 왕수인은 자신의 총명함을 믿고 게을리 하지 말고 엄정하게 학문에 임할 것을 당부하는 한편, 시속의 평가에 휘둘리지 말고 옛 성현의 말씀을 스승으로 삼을 것을 당부하였다.

북경으로 간 것은 창졸간에 일어난 일이라 자세히 말할 수가 없었네. 이별하고 나서 날마다 자네가 향시에 입격하였는지 소식을 알아보던 차에, 향록鄉錄[2]을 얻어 보고는 가을 향시[秋戰][3]에서 입격하지 못하였다는 것을 알았네. 자네는 아직 나이가 젊고 재주가 출중하니 매우 서운하게 여길 필요는 없네. 오직 덕을 닦고 학문을 쌓아서 큰 성취를 구하게. 평

---

1 서중인 : 중인仲仁은 서애徐愛(1487~1517)의 자이다. 서애의 호는 횡산橫山이다. 왕수인의 매제이면서 최초의 제자이다. 《전습록傳習錄》을 편찬하였다.

2 향록 : '홍치弘治 17년 절강성浙江省 향시록鄉試錄'을 이른다.

3 가을 향시[秋戰] : 추시秋試·추위秋闈라고도 한다.

범하면서도 뛰어난 성적으로 과거에 급제하는 것은 참으로 내가 바라는 바가 아니네. 나의 어버지께서 여러 사람들의 의논을 마다하고 그대를 사위로 택하였는데, 그대를 택한 이유는 참으로 여러 사람들의 의논 너머에 있으니 그대는 마땅히 부지런히 노력하게.

은미함으로 속일 수 있다고 여겨 방종하지 말고, 총명함으로 믿을 만하다고 여겨 뜻을 게을리 하지 말아야 하네. 뜻을 기르는 데는 의리義理보다 좋은 것이 없고 학문을 하는 데는 마음을 정밀하게 하고 엄정하게 하는 것만큼 중요한 것이 없으니 시속에 휘둘리지 말고 물건의 유혹에 이끌리지 말며 옛 성현을 구하여 스승으로 삼아야 되네. 나의 이 말을 절대로 우활하다고 여기지 말게.

옛날 장시민張時敏[4]선생 때, 자네 숙부가 학교의 생원으로 있었는데 총명함이 한 시대를 뒤덮을 정도였네. 그런데도 끝내 성취하지 못했던 것은 방탕한 마음이 그를 해쳤기 때문이네. 고명함을 버리고 저속한 곳으로 나아가는 것은 생각 사이에 달려 있으니, 돌아보면 어찌 쉽지 않겠는가? 이것이 진실로 지난 일을 거울삼는 것이니 비록 그대의 타고난 자질이 아름답고 순수하여 절대로 이러한 일이 없겠지만 역시 삼가지 않아서는 안되네.

자네가 이곳에 와서 책을 읽고 싶기야 하겠지만 아마도 부모님의 슬하를 떠날 수도 없고, 또 그렇게 하라고 말할 수도 없으니, 나중의 인편을 통해 다시 논의하세나. 이러한 간절한 마음을 외면하지 않고 자네에

---

4 장시민 : 시민時敏은 장열張悅(1427~1503)의 자이다. 호는 정암定庵이다. 홍치弘治 연간에 이부 좌시랑吏部左侍郎에 오르고, 남경병부상서南京兵部尙書에 이르렀다. 저서로《정암집定庵集》이 있다.

게 말하는 것은 더욱 깊이 생각하기를 바라는 마음과 친애하는 정이 저
절로 그칠 수 없기 때문이라네.

與徐仲仁.

北行倉率, 不及細話, 別後日聽捷音, 繼得鄉錄, 知秋戰未利. 吾子年方英妙,
此亦未足深憾, 惟宜修德積學, 以求大成. 尋常一第, 固非僕之所望也. 家君舍
衆論而擇子, 所以擇子者, 實有在於衆論之外, 子宜勉之! 勿謂隱微可欺而有放
心, 勿謂聰明可恃而有怠志, 養心莫善於義理, 爲學莫要於精專, 毋爲習俗所
移, 毋爲物誘所引, 求古聖賢而師法之, 切莫以斯言爲迂闊也.

昔在張時敏先生時, 令叔在學, 聰明蓋一時, 然而竟無所成者, 蕩心害之也. 去
高明而就汙下, 念慮之間, 顧豈不易哉! 斯誠往事之鑑, 雖吾子質美而淳, 萬無
是事, 然亦不可以不愼也.

意欲吾子來此讀書, 恐未能遂離侍下, 且未敢言此, 俟後便再議. 所不避其切
切, 爲吾子言者, 幸加熟念, 其親愛之情, 自有不能已也.

2. 과거 시험장에서 크게 자신의 생각과 견해를 펼쳐야

서왈인徐曰仁에게 보내다

🌀 정덕正德 2년(1507, 36세)에 보낸 편지이다. 서왈인徐曰仁은 왕수인의 매부이자 그의 첫 번째 제자인 서애徐愛를 이른다. 이후 서애는 왕수인의 대표서인《전습록傳習錄》을 집록하는 등 양명학 성립에 주도적인 역할을 도맡았다.

왕수인은 한 해 전인 1506년에 환관 유근劉瑾의 전횡을 비판하는 상소를 올렸다가 투옥되어 곤장 40대를 맞았고, 1507년 귀주성貴州省 수문현修文縣 역승驛丞으로 좌천되었다. 당시 유근이 보낸 자객을 피해 전당강錢塘江으로 뛰어들어 무이산武夷山으로 몸을 피하였다.

군자의 곤궁과 영달은 한결같이 하늘의 명을 따른다네. 그렇지만 이미 과거시험을 보겠다고 결정하였다면 과거시험에 응시하는 것 또한 사람으로 마땅히 해야 할 일이라네. 만약 반드시 합격할 것이라고 기대하여 자신을 괴롭히고 모욕을 준다면 크게 미혹된 짓이라네. 과거 시험장에 들어가는 날은 절대로 당락을 마음에 담아두지 말아야 하네. 만약 당락을 마음에 담아두면 기운이 쪼그라들고 뜻이 분산되어 아무런 이익도 없을 뿐 아니라 또 해롭기만 할 것이네. 시험장에서 글을 지을 때는 우선 반드시 크게 자신의 생각과 견해를 펼쳐야 하네. 그런 뒤 글을 지으려는 대의가 분명해지면 대담하게 붓을 들어 글을 써야 하고, 그렇게 하면 비록 출처가 분명치 않다고 하더라도 문장의 기세가 또한 조리 있고 창달할 것이네. 오늘날 사람들 가운데 과거 시험장에 들어가 기운 이 위축되어 제대로 펴지 못하는 자들은 당락의 걱정으로 병통을 만드 는 것이라네.

대개 마음은 둘로도 운용할 수 없는데, 한편으로는 합격에 마음을 두 고, 또 한편으로는 불합격에 마음을 두며, 또 한편으로는 글을 짓는 데 마음을 두니, 이는 셋으로 마음을 운용한 것이다. 일삼는 바를 어떻게 이룰 수 있단 말인가? 다만 이는 바로 일을 하면서 신중하지 않은 것이 고 사람이 해야 할 일을 다하지 못한 것이니, 비록 요행이 성취하더라도 군자가 귀하게 여기지 않는 것이네.

장차 시험장에 나아가기 10일 전에는 모쪼록 생활습관[調養]을 되풀이 하여 익혀야 한다네. 대개 평상시에 일찍 일어나는 것이 익숙하지 않은 데 갑자기 일찍 일어나게 되면 그날은 반드시 정신이 아득해질 것이니, 글을 지을 때 어찌 훌륭한 구상을 할 수가 있겠는가? 반드시 매일 첫 닭이 우는 시간에 곧바로 일어나[5] 세수하고 머리를 빗고 옷차림을 단정 히 하고 가지런히 앉아 정신을 가다듬어 흐리거나 나태한 생각이 들지 않도록 해야 하네.

이렇게 매일 익혀야 시험날에 닥쳐서도 자신이 힘들고 괴롭다는 느낌 이 들지 않을 것이네. 지금 생활습관을 되풀이하여 익히는 사람들은 대 부분 기름진 음식을 많이 먹으며 심한 농지거리를 즐기면서 하루종일 누워서 지내고 있는 경우도 있네. 이렇게 하면 기운을 안정시키지 못하

---

5 첫 닭이……일어나 : 명나라 때 과거시험은 8월 9일, 12일, 15일에 시행되었고, 하루 중 새벽 3시~5시에 시험장에 입장하였기 때문에 이르는 말이다.

고 정신을 흐리게 하여 늘 교만을 부리고 병을 부를 것이니, 어찌 정신을 보살펴 기른다고 할 수 있겠는가?

모쪼록 힘써 먹는 것을 절제하여 맛있는 음식을 줄이면 기운은 절로 맑아지고, 쓸데없는 생각을 적게 하여 기욕嗜慾을 물리치면 정신은 절로 맑아지며, 심기를 안정시켜 잠을 줄이면 정신이 절로 맑아지네. 군자로서 이렇게 하고 학문에 힘을 다 쏟지 못한 사람은 없지만 이는 다만 과거시험이라는 하나의 일에 국한하여 말한 것일 뿐이라네.

매일 너무 피곤하여 쉬고 싶은 생각이 들 때가 있으면 조금 누웠다가 곧바로 일어나야지 정신이 흐려 잠이 들게 해서는 안 되네. 이미 늦은 시간이라면 곧바로 잠을 자고 오랫동안 앉아 있어서는 안 되네. 시험장에 들어가기 이틀 전에는 책을 펼쳐보아 마음을 어지럽게 해서는 안 되네.

매일 다만 한 편의 글을 보고서 스스로 즐겨야 하네. 만약 마음이 수고롭고 기운이 소모된다면 책을 보지 않는 것만 못하니 힘써 정신을 즐겁게 하고 흥취를 즐겁게 하여야 하네. 갑자기 마음 속 가득 솟구치는 생각이 들어 만약 소득이 있으면 곧바로 자만하는 마음을 경솔히 하지 말고 더더욱 깊이 간직하고 준비해서 마치 양자강과 황하의 물이 젖고 불어서 넘쳐 한순간에 터져 단번에 천리에 쏟아내듯 해야 하네. 매일 한가히 앉았을 때 많은 사람들이 시끄럽게 떠들어도 나만은 깊이 침묵하여 마음 속이 평화로우면 저절로 참된 즐거움이 있을 것이네. 이렇게 한다면 대개 세상 밖으로 벗어나 조물주와 함께 노닐 것이니, 자네가 이를 들은 적이 없다면 마땅히 여기에 참여하기에는 부족하네.

與徐曰仁.

君子窮達, 一聽於天, 但旣業擧子, 便須入場, 亦人事宜爾. 若期在必得, 以自
窘辱, 則大惑矣. 入場之日, 切勿以得失橫在胸中, 令人氣餒志分, 非徒無益,
而又害之. 場中作文, 先須大開心目, 見得題意大槪了了, 卽放膽下筆, 縱昧出
處, 詞氣亦條暢. 今人入場, 有志氣局促不舒展者, 是得失之念爲之病也.

夫心無二用, 一念在得, 一念在失, 一念在文字, 是三用矣, 所事寧有成耶? 只
此便是執事不敬, 便是人事有未盡處, 雖或幸成, 君子有所不貴也.

將進場十日前, 便須練習調養. 蓋尋常不曾起早得慣, 忽然當之, 其日必精神怳
惚, 作文豈有佳思? 須每日鷄初鳴卽起, 盥櫛整衣端坐, 抖藪精神, 勿使昏惰.

日日習之, 臨期不自覺辛苦矣. 今之調養者, 多是厚食濃味, 劇酣謔浪, 或竟日
偃臥. 如此, 是撓氣昏神, 長傲而召疾也, 豈攝養精神之謂哉!

務須絶飮食, 薄滋味, 則氣自淸, 寡思慮, 屛嗜欲, 則精自明, 定心氣, 少眠睡,
則神自澄. 君子未有不如此而能致力於學問者, 玆特以科場一事而言之耳.

每日或倦甚思休, 少偃卽起, 勿使昏睡, 旣晩卽睡, 勿使久坐. 進場前兩日, 卽
不得飜閱書史, 雜亂心目.

每日止可看文字一篇以自娛. 若心勞氣耗, 莫如勿看, 務在怡神適趣, 忽充然滾
滾, 若有所得, 勿便氣輕意滿, 益加含蓄醞釀, 若江河之浸, 泓衍泛濫, 驟然決
之, 一瀉千里矣. 每日閑坐時, 衆方囂然, 我獨淵默, 中心融融, 自有眞樂, 蓋出
乎塵垢之外, 而與造物者遊. 非吾子槪嘗聞之, 宜未足以與此也.

3. 대저 학문이란 뜻을 세우는 것보다 우선하는 것이 없으니

아우에게 주는 입지설立志說

🌀 정덕正德 10년(1515, 44세)에 보낸 편지이다. 당시 왕수인의 아우 수검守儉, 수문守文, 수장守章이 모두 과거에 불합격하였다. 이 해에 아들이 없던 왕수인은 작은 아버지의 아들 왕수신王守信의 다섯째 아들 왕정헌王正憲을 양자로 삼았다.

나의 아우 수문守文이 배우러 왔기에, '뜻을 세우는 것[立志]'을 일러주었다. 그 말을 차례지어 때때로 살펴볼 수 있게 해주기를 청하고, 또 그 말을 쉽게 해주면 깨우치기에 쉬울 것이라 청하기에 써서 그에게 준다.

대저 학문이란 뜻을 세우는 것보다 우선하는 것은 없다. 뜻이 서지 않는 것은 뿌리를 심지 않고 한갓 북돋고 물을 대는 데 전념하는 것과 같으니 수고롭기만 할 뿐 수확은 없을 것이다. 그런데도 세상 사람들은 옛 습관에 젖어 그럭저럭 세월을 보내고 시속에 따라 그릇된 것을 익혀 끝내는 비루한 곳으로 돌아가고 마는 것은 모두 뜻이 서지 않아서이다.

그래서 정자程子는 "성인이 되려는 뜻이 있고 나서야 함께 배울 수 있다."[6]라고 하였으니, 사람이 진실로 성인이 되려는 뜻을 품었다면 반드시 성인께서 성인이 된 까닭이 어디에 있는지 반드시 생각해야 한다. 그

─────────────

6 성인이……있다 : 《근사록近思錄》〈위학爲學〉에 나오는 구절이다.

마음이 천리天理에 순수하고 인욕의 사사로움이 없기 때문이 아니겠는가? 성인께서 성인이 된 까닭은 오직 천리에 순수하고 인욕의 사사로움이 없어서이니, 내가 성인이 되려고 한다면 또한 이 마음이 천리에 순수하고 인욕의 사사로움이 없는 데 달려 있을 뿐이다.

이 마음이 타고난 천리에 순수하고 인욕의 사사로움을 없애려고 한다면 반드시 인욕을 버리고 천리를 보존하여야 한다. 힘써 인욕을 버리고 천리를 보존하다 보면 반드시 인욕을 버리고 천리를 보존하는 방법을 찾을 수 있을 것이다. 인욕을 버리고 천리를 보존하는 방법을 찾으려면 반드시 선각자를 통해 바로잡고 옛 사람의 가르침을 고찰하는 것이 이른바 학문의 공부라고 할 수 있다. 그런 다음에야 익힐 수 있으니 또한 그렇게 하지 않으면 안 되기 때문이다.

대저 이른바 '선각자를 통해 바로잡는다.'는 것은 이미 그 사람이 선각자를 스승으로 여기기 때문이니, 마땅히 마음과 뜻을 다하여 선각자에게 들어야 한다. 선각자의 말이 내 생각과 합치되지 않는다고 하여 포기하지 말고 반드시 따라 생각하며, 생각하여 이해하지 못하더라도 또 쫓아서 변별하고 힘써 뜻이 명확하게 이해되기를 구한다면 감히 의심이나 의혹이 생기지 않을 것이다. 그렇기 때문에 《예기》에 "스승이 엄해진 뒤에 도가 높아지고 도가 높아진 뒤에 백성들이 학문을 공경할 줄 안다."[7] 라고 하였다.

진실로 존경하고 높이며 독실하게 믿는 마음이 없다면 반드시 가볍고 소홀히 하며 깔보고 하찮게 여기는 뜻이 있을 것이다. 선각자가 말해

---

7 스승이⋯⋯안다 : 《예기禮記》〈학기學記〉에 나오는 구절이다.

주어도 자세히 듣지 않는다면 듣지 않는 것이나 마찬가지이고, 듣고도 삼가 생각하지 않는다면 생각하지 않는 것이나 마찬가지이다. 이렇다면 아무리 그를 스승으로 여긴다고 말하더라도 스승으로 여기지 않는 것이나 마찬가지이다.

이른바 옛 사람의 가르침을 고찰한다는 것은 성현의 가르침이 인욕을 버리고 천리를 보존하는 방법이 아닌 것이 없으니 오경五經과 사서四書가 바로 이것이다. 우리들은 오직 우리들이 가진 인욕을 버리고 천리를 보존하고 싶어 하면서도 방법을 모르니 여기에서 그 방법을 찾아야 할 것이다. 책을 펼칠 때는 마치 굶주린 사람이 음식에 대해 배를 채우기만 구할 뿐이고, 병든 사람은 약에 대해 병이 낫기만을 구할 뿐이며, 어둠에 있는 사람은 등불에 대해 비춰주기만 구할 뿐이고, 절름발이는 지팡이에 대해 걷기만 구할 뿐인 것처럼 할 뿐이니, 어찌하여 한갓 잘 외우고 강론하는 것에만 전념하여 구이지학口耳之學의 폐단을 취한단 말인가?

대저 뜻을 세우는 것도 쉽지 않다. 공자孔子는 성인인데도 오히려 "내 나이 15살에 학문에 뜻을 두고, 30살에 섰다."[8]라고 하였으니, '서다[立]'는 것은 '뜻이 서다'는 뜻이다. "법도를 넘지 않았다."[9]는 말에 이르러서도 뜻이 법도를 넘지 않은 것이니, 뜻을 어찌 쉽게 볼 수 있겠느냐.

대저 뜻[志]은 기운을 부리는 장수[10]이고 사람의 목숨이며, 나무의 뿌

---

8 내 나이……섰다 : 《논어論語》〈위정爲政〉에 나오는 구절이다.

9 법도를……않았다 : 《논어論語》〈위정爲政〉에 "내 나이 일흔 살이 되자, 마음이 하고 싶은 대로 따라 해도 법도를 넘는 법이 없었다.[七十而從心所欲不踰矩]"라는 구절에 나온다.

리이고 물의 근원이다. 물의 근원은 깊지 않으면 물줄기가 끊어지고, 나무의 뿌리는 심지 않으면 나무가 말라죽으며, 목숨은 이어주지 않으면 사람이 죽고, 뜻은 서지 않으면 기운이 어두워진다.

때문에 군자의 학문은 때와 장소를 불문하고 뜻을 세우는 것에 전념하지 않음이 없어야 한다. 눈을 바르게 하여 보고 다른 것은 보지 말며, 귀를 기울여 듣고 다른 것은 듣지 말아야 한다. 고양이가 쥐를 잡을 때처럼 하고 닭이 알을 품듯이 하여 정신과 마음을 응집시키고 한 데 모아 다른 것이 있다는 것을 지각하지 못하고 나서야 그 뜻이 언제나 서고 정신과 기운이 정밀하고 맑아지며 의리가 분명히 드러나게 된다. 조금이라도 사사로운 욕심이 생기면 그 즉시 이를 깨닫는 것을 절로 멈출 수 없을 것이다.

그렇기 때문에 머리카락 한 올만큼이라도 사사로운 욕심이 싹틀 경우 뜻이 서지 않았음을 책망하기만 하면 사사로운 욕심이 곧바로 물러나고, 머리카락 한 올만큼이라도 쓸데없는 혈기가 꿈틀대는 것을 들을 경우 뜻이 서지 않았음을 책망하기만 하면 쓸데없는 혈기가 곧바로 사라질 것이다.

혹시라도 태만한 마음이 생길 경우 이 뜻을 책망하면 그 즉시 태만하지 않게 되고, 경시하는 마음이 생길 경우 이 뜻을 책망하면 그 즉시 경시하지 않게 되며, 조급한 마음이 생길 경우 이 뜻을 책망하면 그 즉시

---

10 뜻은……장수 : 《맹자孟子》〈공손추 상公孫丑上〉에 "의지는 기운을 부리는 장수이고, 기운은 몸을 채우고 있는 것이니, 의지가 첫째요 기운이 그 다음이다. 그러므로 '그 의지를 확고히 세우고도 또 그 기를 거칠게 하지 말라.'고 한 것이다.[夫志氣之帥也 氣體之充也 夫志至焉 氣次焉 故曰持其志 無暴其氣]"라고 하였다.

조급하지 않게 되고, 시기하는 마음이 생길 경우 이 뜻을 책망하면 그 즉시 시기하지 않게 되며, 성내는 마음이 생길 경우 이 뜻을 책망하면 그 즉시 성내지 않게 되고, 탐욕스런 마음이 생길 경우 이 뜻을 책망하면 그 즉시 탐욕스럽지 않게 되며, 오만한 마음이 생길 경우 이 뜻을 책망하면 그 즉시 오만하지 않게 되고, 인색한 마음이 생길 경우 이 뜻을 책망하면 그 즉시 인색하지 않게 된다.

대개 한순간도 뜻을 세우고 뜻을 책망하는 때가 아님이 없고, 한 가지 일도 뜻을 세우고 뜻을 책망하는 것이 아님이 없다. 그렇기 때문에 뜻을 책망하는 공부는 인욕을 제거하는 것에 대해 마치 거센 불길이 터럭을 태우고 태양이 한번 나오면 도깨비가 사라져 버리는 것처럼 한다.

예로부터 성현은 시세에 따라 가르침을 세웠으니, 비록 그것이 같지 않은 것 같지만 공부에 힘쓴 큰 뜻은 조금도 다르지 않다. 《서경》에 "오직 정밀하고 일관되게 하여"[11]라고 하였고, 《주역》에 "경敬으로 안을 바르게 하고, 의義로 밖을 방정하게 한다."[12]라고 하였으며, 공자께서는 '격치성정格致誠正'[13]과 '박문약례博文約禮'[14]를 말씀하셨고, 증자曾子는

---

11 오직……하여 : 《서경書經》〈대우모大禹謨〉에 "인심은 위태하고 도심은 미세하니, 오직 정밀하고 일관되게 하여 그 중도中道를 진실로 잡아야 한다.[人心惟危 道心惟微 惟精惟一 允執厥中]"라는 구절이 있다.

12 경으로……한다 : 《주역周易》〈문언전文言傳〉 곤괘坤卦 육이효六二爻에 "군자는 경으로 안을 바르게 하고, 의로 밖을 방정하게 한다.[君子 敬以直內 義以方外]"라는 구절이 있다.

13 격치성정 : 《대학大學》의 팔조목八條目 중 격물格物·치지致知·성의誠意·정심正心·수신修身을 이른다.

14 박문약례 : 《논어論語》〈옹야雍也〉에 "군자가 문에 대하여 널리 배우고 예로써 요약한다면 또한 도에 어긋나지 않을 것이다.[君子博學於文 約之以禮 亦可以弗畔矣夫]"라는 구절이 있다.

'충서忠恕'[15]를 말하였으며, 자사子思는 "덕성을 높이고 학문을 말미암는다."[16]라고 말하였고, 맹자孟子는 '집의集義'[17]와 '양기養氣'[18], '구기방심求其放心'[19]이라고 말하였다. 성현들이 자신의 말을 하는 것 같지만 억지로 강요하여 같게 할 수는 없다. 그렇지만 골자와 귀결점을 구해보면 마치 부절을 합쳐놓은 것처럼 꼭 들어맞으니 이는 무엇 때문이겠느냐?

대저 도道는 하나일 뿐이다. 도가 같으면 마음이 같고 마음이 같으면 학문도 같은데, 끝내 같지 않은 것은 모두 사설邪說이다. 후세에 큰 근심은 더욱이 뜻이 없는 데 있다. 그래서 지금 뜻을 세우는 것을 말한 것이다. 중간의 글자나 구절들 모두 뜻을 세우지 않은 것이 없다. 대개 종신토록 학문을 하는 공부가 다만 뜻을 세우는 것일 뿐이다. 만약 이 말을 정일精一과 맞추어 본다면 글자나 구절 모두가 정일의 공부가 되고

---

15 충서 : 《논어論語》〈이인里仁〉에 공자가 "삼아, 우리의 도는 하나로 관통한다.[參乎 吾道一以貫之]"라고 하니, 증자曾子가 '예' 하고 대답하였다. 공자가 밖으로 나간 뒤에 다른 문인門人이 증자에게 그것이 무슨 뜻이냐고 묻자, 증자가 "부자의 도는 충서일 뿐이다.[夫子之道 忠恕而已矣]"라고 한 구절이 있다.

16 덕성을……말미암는다 : 《중용장구中庸章句》 제27장에 "군자는 덕성을 높이고 학문을 말미암으니, 광대함을 지극히 하고 정미함을 다하며, 고명함을 극진히 하고 중용을 따르며, 옛것을 익히고 새로운 것을 알며, 후함을 도타이 하고 예를 높이는 것이다.[君子尊德性而道問學 致廣大而盡精微 極高明而道中庸 溫故而知新 敦厚以崇禮]"라는 구절이 있다.

17 집의 : 《맹자孟子》〈공손추 상公孫丑上〉에 "호연지기는 의를 축적해서 생겨나는 것이다. 의가 갑자기 엄습해서 취해지는 것은 아니다.[是集義所生者 非義襲而取之也]"라는 구절이 있다.

18 양기 : 《맹자孟子》〈공손추 상公孫丑上〉에 "나는 나의 호연지기를 잘 기른다.[我善養吾浩然之氣]"라는 구절이 있다.

19 구기방심 : 《맹자孟子》〈고자 상告子上〉에 "학문의 도는 다른 것이 아니라 방심을 구하는 것일 뿐이다.[學問之道無他 求其放心而已矣]"라는 구절이 있다.

이 말을 경의敬義와 맞추어 보면 글자나 구절들이 모두 경의의 공부가 된다. 격치格致·박약博約·충서忠恕 등도 꼭 들어맞지 않는 것이 없다. 그렇지만 참된 마음으로 그것을 체득한 다음에야 내가 한 말이 망령되지 않았다는 것을 믿을 것이다.

示弟立志說.

予弟守文來學, 告之以立志. 守文因請次第其語, 使得時時觀省, 且請淺近其辭, 則易於通曉也. 因書以與之.

夫學, 莫先於立志. 志之不立, 猶不種其根而徒事培擁灌漑, 勞苦無成矣. 世之所以因循苟且, 隨俗習非, 而卒歸於汚下者, 凡以志之弗立也.

故程子曰, 有求爲聖人之志, 然後可與共學. 人苟誠有求爲聖人之志, 則必思聖人之所以爲聖人者安在. 非以其心之純乎天理而無人欲之私與? 聖人之所以爲聖人.

惟以其心之純乎天理而無人欲, 則我之欲爲聖人, 亦惟在於此心之純乎天理而無人欲耳. 欲此心之純乎天理而無人欲, 則必去人欲而存天理. 務去人欲而存天理, 則必求所以去人欲而存天理之方. 求所以去人欲而存天理之方, 則必正諸先覺, 考諸古訓, 而凡所謂學問之功者, 然後可得而講, 而亦有所不容已矣.

夫所謂正諸先覺者, 旣以其人爲先覺而師之矣, 則當專心致志, 惟先覺之爲聽. 言有不合, 不得棄置, 必從而思之, 思之不得, 又從而辨之, 務求了釋, 不敢輒生疑惑. 故記曰, 師嚴, 然後道尊, 道尊, 然後民知敬學.

苟無尊崇篤信之心, 則必有輕忽慢易之意. 言之而聽之不審, 猶不聽也, 聽之而思之不愼, 猶不思也, 是則雖曰師之, 猶不師也.

夫所謂考諸古訓者, 聖賢垂訓, 莫非教人去人欲而存天理之方, 若五經·四書是已. 吾惟欲去吾之人欲, 存吾之天理, 而不得其方, 是以求之於此. 則其展卷之際, 眞如饑者之於食, 求飽而已. 病者之於藥, 求愈而已, 暗者之於燈, 求照而已. 跛者之於杖, 求行而已. 曾有徒事記誦講說, 以資口耳之弊哉!

夫立志亦不易矣. 孔子, 聖人也, 猶曰, 吾十有五而志于學, 三十而立. 立者, 志立也, 雖至於不逾矩, 亦志之不逾矩也. 志豈可易而視哉! 夫志, 氣之帥也, 人之命也, 木之根也, 水之源也. 源不浚則流息, 根不植則木枯, 命不續則人死, 志不立則氣昏.

是以君子之學, 無時無處而不以立志爲事. 正目而視之, 無他見也, 傾耳而聽之, 無他聞也. 如貓捕鼠, 如鷄覆卵, 精神心思, 凝聚融結, 而不復知有其他, 然後此志常立, 神氣精明, 義理昭著. 一有私欲, 卽便知覺, 自然容住不得矣.

故凡一毫私欲之萌, 只責此志不立, 卽私欲便退, 聽一毫客氣之動, 只責此志不立, 卽客氣便消除.

或怠心生, 責此志, 卽不怠, 忽心生, 責此志, 卽不忽, 燥心生, 責此志, 卽不燥, 妒心生, 責此志, 卽不妒, 忿心生, 責此志, 卽不忿, 貪心生, 責此志, 卽不貪, 傲心生, 責此志, 卽不傲, 吝心生, 責此志, 卽不吝.

蓋無一息而非立志責志之時, 無一事而非立志責志之地. 故責志之功, 其於去人欲, 有如烈火之燎毛, 太陽一出, 而魍魎潛消也.

自古聖賢, 因時立教, 雖若不同, 其用功大指, 無或少異. 書謂惟精惟一, 易謂敬以直內, 義以方外, 孔子謂格致誠正, 博文約禮, 曾子謂忠恕, 子思謂尊德性而道問學, 孟子謂集義養氣, 求其放心, 雖若人自爲說, 有不可强同者, 而求其要領歸宿, 合若符契, 何者?

夫道一而已. 道同則心同. 心同則學同. 其卒不同者, 皆邪說也. 後世大患, 尤在無志. 故今以立志爲說, 中間字字句句, 莫非立志. 蓋終身問學之功, 只是立得志而已. 若以是說而合精一, 則字字句句, 皆精一之功. 以是說而合敬義, 則字字句句, 皆敬義之功. 其諸格致博約忠恕等說, 無不吻合, 但能實心體之, 然後信予言之非妄也.

4. 자질이 아름답기는 하지만 나쁜 습관이 제거되지 않았으니

아우 백현伯顯에게 보내다

🔖 정덕正德 11년(1516, 45세)에 보낸 편지이다. 백현伯顯은 왕수인의 아우 왕수문王守文의 자이다. 왕수인은 그해 9월에 도찰원都察院 좌첨도어사左僉都御史로 승진하고 강서성江西省의 남안南安과 감주贛州, 복건성福建省의 정주부汀州府와 장주부漳州府 등지를 순무巡撫하였다. 정주부와 장주부에 도적떼가 발생하자 상서尙書 왕경王瓊이 왕수인을 추천한 결과이다. 자신의 동생 왕수문은 타고난 자질은 훌륭한데도 평소 나쁜 습관으로 젖어 있고, 건강 또한 좋지 않다는 소식에 몸과 마음을 아울러 수양하기를 당부하였다. 이는 자신이 젊어서 폐를 다쳐 고생하다가 수양을 통해 건강을 회복한 경험을 통한 간절한 염려였다.

요사이 나의 일은 너의 아홉 번째 형이 말할 테니 쓸데없이 말하고 싶지 않구나. 그러나 깊이 염려스러운 것은 너의 타고난 자질이 비록 아름답기는 하지만 나쁜 습관이 아직 제거되지 않았고, 취향이 비록 단정하지만 덕성이 아직 견고하지 않기 때문에 매번 너의 편지를 받을 때마다 기쁘면서도 다시 걱정하였던 것이다.

대개 너의 식견이 명민하여 진실로 마치 구슬이 쟁반을 굴러가듯 아무런 막힘이 없는 것이 기쁘고, 오랫동안 젖은 습관이 몸에 익어 간혹 물줄기가 골짜기로 흘러가는 듯한 것이 걱정이다. 너는 이를 생각하여 스스로 마땅히 날로 엄격하고 두렵게 하여 결단코 스승과 벗들의 두터운 바람을 저버리지 말아야 할 것이다.

나는 새로 서너 명의 친구를 더 만났는데 모두 타고난 자질과 성품이 범상치 않다. 매번 상겸尚謙[20]을 만나 너에 관하여 이야기를 나눌 때 마다 너를 칭찬하던데 너는 어떻게 그에게 부응하려느냐? 노력하고 힘써야 할 것이다. 소문에 너의 몸이 매우 허약해졌다고 하는데 덕을 기르는 것이나 몸을 수양하는 것은 동일한 일이다. 다만 마음을 맑게 하고 욕심을 줄일 수 있다면 심기는 저절로 화평해지고 정신은 저절로 완전하고 견고하게 될 것이다. 나머지는 글로 다 쓸 수가 없구나.

양명산인陽明山人[21]이 10번째 아우 백현에게 편지를 부치니 받아 보거라. 인관印官[22]과 정헌正憲[23]의 독서는 아침저녁으로 모쪼록 지도하고 장려하여 흥기하는 바가 있기를 바랄 뿐이다.

---

20 상겸 : 설간薛侃(1486~1546)의 자이다. 정덕正德 12년(1517)에 진사를 지냈고 왕수인의 제자이다. 이후 왕수인의 《전습록傳習錄》을 인쇄하였다.

21 양명산인 : 왕수인은 1502년(31세) 9월 하순, 소흥에 도착하고 병을 치료하기 위하여 회계산會稽山 양명동陽明洞에 양명서사陽明書舍를 짓고 수양을 하였다. 이때 신선술神仙術과 불교를 접하였기 때문에 자신이 수양한 '양명동'을 따서 '양명산인'이라고 자호自號하였다.

22 인관 : 왕수인의 네 번째 아우 왕수장王守章의 자가 백인伯印이다. 여기서 '관官'자는 명나라 풍속에 높은 벼슬에 오르기를 바라는 염원을 담아 남자아이를 부르던 아칭雅稱이다.

23 정헌 : 왕수인의 양자 왕정헌王正憲을 이른다.

與弟伯顯.

此間事汝九兄能道, 不欲瑣瑣, 所深念者, 爲汝資質雖美, 而習氣未消除, 趣向雖端, 而德性未堅定. 故每得汝書, 旣爲之喜, 而復爲之憂. 蓋喜其識見之明敏, 眞若珠之走盤, 而憂其舊染之習熟, 或如水之赴壑也.

汝念及此, 自當日嚴日畏, 決能不負師友屬望之厚矣. 此間新添三四友, 皆質性不凡. 每見尙謙談汝, 輒嘖嘖稱歎, 汝將何以副之乎? 勉之勉之. 聞汝身甚羸弱, 養德養身, 只是一事. 但能淸心寡欲, 則心氣自當和平, 精神自當完固矣. 餘非筆所能悉.

陽明山人書寄十弟伯顯收看. 印官與正憲讀書, 早晚須加誘掖獎勸, 庶有所興起耳.

5. 정욕을 함부로 하면서 삶을 되돌아보지 않는 짓을 걱정하며

아우 백현伯顯에게 보내다

🌀 정덕正德 11년(1516, 45세)에 보낸 편지이다. 왕수인은 아우 백현伯顯 왕수문王守文에 대한 기대가 매우 컸는데, 혼인하지도 않은 상태에서 병이 심해지자 매우 걱정을 하였다. 왕수인은 28살에 말에서 떨어져서 폐를 다치게 된다. 이 때문에 1503년(31세) 9월 하순에 벼슬에서 물러나, 회계산會稽山 양명동陽明洞에 가서 수양하여 건강을 회복하였다. 이 편지는 건강을 회복하기 위해 수양했던 자신의 경험을 일러준 것이다.

요사이 소문에 아우의 몸이 매우 야위고 허약하다고 하던데 걱정되는 마음 이기지 못하겠다. 이는 아버지께서 밤낮으로 어쩔 줄 몰라 할 뿐만 아니라 아버지의 친구분들도 이를 걱정하고 있다. 아우가 이미 성현의 학문에 뜻을 두고 있으니, 분노를 억제하고 욕심을 막는 것이 공부의 긴요한 요체이다. 만약 세속의 어떤 사람처럼 정욕情慾을 함부로 하면서 삶을 되돌아보지 않는 짓은 응당 우리 아우는 결코 하지 않았을 텐데, 어찌 이러한 지경에 이르렀는가?

우려되는 것은 네가 아직 혼인을 하지 않았는데도 병이 많으니, 아마도 반드시 시속에서 의심하는 것과 같지는 않을 것이다. 병에 걸리면 아무리 성현이라도 의심을 받는 데에서 벗어나지 못하는데, 어찌 이를 가지고 오로지 아우를 나무랄 수 있겠느냐? 그러하니 지금은 모쪼록 더 더욱 보양을 하여 날로 충실하고 건강해져서 학문의 공효가 과연 여느 때와 다르다는 것을 보여주어야 할 것이다.

내가 진실로 아우의 마음을 아니, 아우도 마땅히 나의 뜻을 체득하여, 세속의 무리들이 손가락질하며 비난하는 짓을 하지 않아야 우리의 도를 빛나게 할 것이다. 머지않아 나도 양명동陽明洞으로 돌아가면 마땅히 아우들을 데리고 산으로 들어가 독서하고 강학하면서 열흘에 한 번 집으로 돌아가 부모님께 안부를 드릴 것이다. 이를 통해 정신을 완전히 수양하고 덕성을 훈도하면 비록 병에 걸렸어도 약을 쓰지 않아도 저절로 나을 것이다. 그런데 지금을 돌아보면 하루도 말을 실천하지 못하여 망연할 뿐이니, 우리 형제에게 끝내 이런 복이 있을지 모르겠다. 떠나는 내성來成 편에 급히 쓴다. 유념하고 유념하여라.

장형長兄 양명거사陽明居士가 편지를 써서 아우 백현伯顯에게 보내니 받아 보아라.

與弟伯顯.

比聞吾弟身體極羸弱, 不勝憂念, 此非獨大人日夜所■惶, 雖親朋故舊, 亦莫不以是爲慮也. 弟旣有志聖賢之學, 懲忿窒慾, 是工夫最緊要處. 若世俗一種, 縱慾忘生之事, 已應弟所決不爲矣, 何乃亦至於此?

念汝未婚之前, 亦自多病, 此殆未必盡如時俗所疑. 疾病之來, 雖聖賢亦有所不免, 豈可以此專咎吾弟? 然在今日, 却須加倍將養, 日充日茂, 庶見學問之力, 果與尋常不同.

吾固自知吾弟之心, 弟亦當體吾意, 毋爲俗輩所指議, 乃於吾道有光也. 不久, 吾亦且歸陽明, 當携弟輩入山讀書講學, 旬日始一歸省, 因得完養精神, 薰陶德性, 縱有沉疴, 亦當不藥自愈. 顧今未能一日而遂言之, 徒有惘然, 未知吾弟兄, 終能有此福分否也? 來成去, 草草. 念之念之.

長兄陽明居士, 書致伯顯賢弟收看.

6. 방술에 의혹되거나 바르지 못한 길로 빠져서는 안되니

여러 아우에게 부친다

🔵 정덕正德 11년(1516, 45세)에 보낸 편지이다. 당시 아우 수검守儉이 신선술에 몰두하고 있다는 소식을 듣고, 이것이 성현의 학문과는 차이가 있지만 여색이나 재물을 탐하는 습관과는 거리가 멀다고 그나마 위로하였다. 이는 왕수인 자신이 양명동陽明洞에서 몸을 수양하고 병을 치료했던 경험이 있어, 신선술이 비록 유학과는 거리가 있지만 그다지 부정적으로 인식하지 않았음을 알 수 있다.

고향사람이 오면 매번 아우 수문守文의 안부를 묻는데, 대부분 매우 야위고 허약하다고 하더구나. 요사이 아버지의 편지를 받았는데 아버지께서도 그렇게 말씀하시니 매우 걱정이다. 너는 나이가 어려 혈기가 아직 안정되지 못하니 모든 일에 모쪼록 조심해야 한다.

너는 총명하고 재주가 뛰어나니, 참으로 또한 나의 말을 기다릴 필요가 없을 것이다. 지난날 공부에 관하여 논했었는데 아우들은 요사이 뜻이 어떠한지 모르겠다. 조금이라도 생각이 거칠어진 데는 없느냐?

대저 사람이 성인의 경지에 이르지 않으면 그 마음이 얽매인 곳이 없지 않을 것이다. 그래서 정도正道로 끌리지 않고 반드시 사악한 곳에 얽매이고, 도덕과 공업에 끌리지 않고 반드시 여색과 재물에 얽매이게 된다. 그러므로 반드시 먼저 나아갈 방향을 바르게 해야 한다. 이것이 내가 지난번에 말했던 뜻을 세우라는 말이다. 나아갈 방향이 바르게 되면 반드시 날마다 친구들과 학문을 갈고 닦아야 훈도가 점점 젖어들어 성취할 수 있을 것이다. 아우들은 본래 타고난 자질이 아름답지만 학문을 도와주는 벗이 없어, 마음 내키는 대로 행동하면서 스스로 깨닫지 못할까 걱정이다.

이연평李延平[24]이 "중년에 벗이 없으면 거의 학문이 정체된다."라고 하였다. 연평도 그러하였는데 더군다나 후학들은 어떠하겠느냐? 나는 평소 기질이 매우 부족한데 다행히 크게 무너지거나 심하게 망치는 경우에 이르지 않은 것은, 내 스스로 생각하기에 벗들이 도와준 힘이 컸다. 옛사람들이 말씀하신 쑥과 마의 비유[25]는 속일 수가 없다.

무릇 벗은 반드시 자신이 찾아야 하는데, 자신이 벗에게 겸손해야 보탬이 있을 것이다. 그러지 않고 만약 오만하게 잘난 척한다면 자기보다 나은 사람은 반드시 나와 사귀려고 하지 않을 것이요, 그렇게 되면 날로 비루한 사람들과 같아지고 말 것이다. 비록 자장子張[26]의 어짊으로도 증자曾子는 오히려 당당堂堂하다는 탄식[27]을 하였다.

---

24 이연평 : 연평延平은 이통李侗(1093~1163)의 호이다. 남검주南劍州 검포劍浦 사람으로 자는 원중願中이다. 송나라 때의 이학자로, 젊었을 때에 양시楊時와 나종언羅從彦에게 《춘추春秋》, 《중용中庸》, 《논어論語》, 《맹자孟子》 등을 배웠다. 그 후에 여산廬山에서 40여 년 동안 은거하면서 학문에 전념하였다. 주희朱熹에게 낙학洛學을 전수했다. 저서로 《이연평집李延平集》이 있다.

25 쑥과 마의 비유 : 벗의 중요함을 비유하여 이르는 말로, 《순자荀子》〈권학편勸學篇〉에 "쑥이 삼대 밭에 나면 붙잡아 주지 않아도 곧아진다. 흰모래가 진흙 속에 있으면 진흙과 함께 검어진다.[蓬生麻中 不扶而直 白沙在涅 與之俱黑]"라는 구절이 있다.

26 자장 : 공자의 제자 전손사顓孫師(?~?)의 자이다. 공자보다 48살이 어리다.

석천石川 큰 숙부[28]는 우리 집안의 뛰어난 분으로 비록 논리가 간혹 지나치게 높은 점이 없지는 않지만 그분의 지향은 맑고 자유로우니 시속의 저속한 폐단을 바로잡을 수 있을 것이다. 지금 아우들이 또 밤낮으로 석천 큰 숙부와 함께 하고, 가장 좋은 것은 석천 큰 숙부를 통해 정직하고 성실하며 견문이 넓은 벗을 구하여 서로 강론하고 토론하는 것이다.

오직 날마다 학문을 부지런히 하면 다른 곳에 생각이 미칠 겨를이 없을 것이니, 이것이 이른바 "거리와 마을에 둔다."[29]는 것이니, 아무리 초나라 말을 하도록 하여도 될 수 없을 것이다.

수검守儉 아우는 자못 신선술을 좋아하는데, 학문이 비록 다 좋지는 않지만 여색과 재물에 관한 습관과 비교하면 서로 거리가 멀다. 그러나 방술에 의혹되거나 바르지 못한 길로 빠져서는 안 된다.

---

27 당당하다는 탄식 :《논어論語》〈자장子張〉에 나오는 구절로, 당당堂堂은 겉을 꾸미기를 힘쓰고 스스로 높은 체하는 것을 이르는 말이다. 증자曾子가 일찍이 "당당하여라, 자장이여! 그와 함께 인을 하기 어렵겠도다.[堂堂乎張也 難與竝爲仁矣]"라고 한 데서 온 말이다.

28 석천 큰 숙부 : 석천石川은 왕극창王克彰(?~?)의 호이다. 왕수인의 큰 숙부로, 아우 수장守章의 스승이다.

29 거리와……둔다 :《맹자孟子》〈등문공 하滕文公下〉에, 맹자가 대불승戴不勝에게 나라 다스림을 배우는 것에 대해 말하면서 어떤 초나라의 대부가 자기 아들이 제나라 말 하기를 원한다면 제나라 사람을 시켜서 그를 가르칠지, 초나라 사람을 시켜서 가르칠지를 물으니 "제나라 사람을 시켜서 그를 가르치게 할 것입니다."라고 답하자, 맹자가 "한 제나라 사람이 그를 가르치거늘 여러 초나라 사람들이 떠들어댄다면 비록 날마다 종아리를 치면서 제나라 말을 하도록 하더라도 될 수 없을 것이다. 그러나 그를 끌어다가 제나라 거리와 마을에 몇 년 동안 두면 비록 날마다 종아리를 치면서 초나라 말을 하도록 하더라도 또한 될 수 없을 것이다.[一齊人 傅之 衆楚人 咻之 雖日撻而求其齊也 不可得矣 引而置之莊嶽之間數年 雖日撻而求其楚 亦不可得矣]"라고 한 구절이 있다.

마음을 맑게 하고 욕심을 적게 한다면 성현의 학문에 그나마 가까울 것이다. 그러나 수문守文 아우는 타고난 기질이 총명하여 반드시 신선술을 끈기 있게 하지는 않을 것이다. 그러나 한가한 가운데 한번 익히면 또한 몸을 수양하고 병을 물리칠 수 있을 것이니[30], 오히려 병이 들어 약을 먹는 것보다는 나을 것이다. 우연히 인편을 만나 등불 아래에서 급히 쓴다. 아우들은 모쪼록 나의 말을 잘 헤아려 맹랑한 말이라고 여기지 않는 것이 좋겠다.

장형長兄 수인守仁이 쓰고 수검守儉과 수문守文 아우에게 보낸다. 수장守章 아우도 이 편지를 읽고 함께 알게 하여라.

寄諸弟.

鄕人來者, 每詢守文弟, 多言羸弱之甚, 近得大人書, 亦以爲言. 殊切憂念. 血氣未定, 凡百須加謹愼.

弟自聰明特達, 諒亦不俟吾言. 向日所論工夫, 不知弟輩近來意思如何, 得無亦少荒落否?

大抵人非至聖, 其心不能無所系著. 不於正, 必於邪, 不於道德功業, 必於聲色貨利, 故必須先端所趨向, 此吾向時立志之說也. 趨向旣端, 又須日有朋友砥礪切磋, 乃能薰陶漸染, 以底於成. 弟輩本自美質, 但恐獨學無友, 未免縱情肆志, 而不自覺.

---

30 한번……것이니 : 왕수인은 31살에 폐결핵으로 추정되는, 가슴이 답답하고 기침하고 자주 열이 나고 피를 토하는 증상으로 남쪽 지역의 여러 산에서 도사와 스님을 만나 병을 치료하였다. 그래서 신선술이나 도술에 관하여 그다지 부정적이지는 않았다.

李延平云, 中年無朋友, 幾乎放倒了. 延平且然, 況後學乎? 吾平生氣質極下,
幸未至於大壞極敗, 自謂得於朋友挾持之力爲. 古人蓬麻之喻, 不誣也.

凡朋友必須自我求之, 自我下之, 乃能有益. 若悻悻自高自大, 勝己必不屑就,
而日與汚下同歸矣. 此雖子張之賢, 而曾子所以猶有堂堂之歎也.

石川叔公, 吾宗白眉, 雖所論或不能無過高, 然其志向淸脫, 正可以矯流俗汚下
之弊. 今又日夕相與, 最可因石川以求直諒多聞之友, 相與講習討論.

惟日孜孜於此, 而不暇及於其他, 正所謂置之莊嶽之間, 雖求其楚, 不可得矣.

守儉弟頗好仙, 學雖未盡正, 然比之聲色貨財之習, 相去遠矣. 但不宜惑於方
術, 流入邪徑.

果能淸心寡欲, 其於聖賢之學, 猶爲近之. 却恐守文弟氣質通敏, 未必耐心於
此, 閑中試可一講, 亦可以養身却疾, 猶勝病而服藥也. 偶便燈下草草, 弟輩須
體吾言, 勿以爲孟浪之談, 斯可矣.

長兄守仁書, 致守儉·守文弟, 守章亦可讀與知之.

7. 사방으로 나누어 진군하였으니 적을 잡을 수 있을 것이고

왈인曰仁과 여러 아우들에게 보내는 편지

🔹 정덕正德 11년(1517, 46세)에 보낸 편지이다. 1516년에 왕수인은 병으로 사직을 요청하였지만 허락을 받지 못하고, 도리어 10월 24일 도적떼를 진압하라는 칙령이 내려왔다. 12월 3일 소흥紹興을 떠나 강서江西로 가다가 도중에 1,000여 명이나 되는 도적떼를 만나, 1517년 1월에 부임지인 감주贛州에 간신히 도착하였다. 그러나 감주는 도적떼로 인하여 모든 물자들이 부족하여 왕수인도 쌀이 떨어져 죽도 제대로 먹지도 못하는 궁핍한 상황이었다. 병사들역시 피로에 지쳐있던 와중에 1,000여 명의 도적떼들의 공격을 당하였다.

1월 3일 홍도洪都[31]에서 배를 출발하여, 10일에 여릉廬陵[32]에 도착하였다. 아버지께서 연로하시어 여기에서 이틀을 묵었다. 13일 저녁 무렵 만안萬安과 40리 떨어진 곳에 도착하였는데, 도적떼 1,000여 명을 만났다. 그들이 강을 가로질러 와서 배를 불지르고 노략질하니 연기와 화염이 하늘을 뒤덮을 정도였다. 아내와 노비들은 모두 겁을 먹고 애당초 온 것을 후회하고 있었고, 지역 벼슬아치와 백성들 그리고 배 안에 있는 사람

---

31 홍도 : 강서성江西省 남창南昌을 이른다.

32 여릉 : 강서성江西省 길안吉安으로 명나라 때 여릉현廬陵縣을 두었다. 길안부吉安府의 성城과 성城을 같이 한다. 왕수인이 여릉지현廬陵知縣을 지낸 적이 있다.

들도 모두 극력히 가로막으며 "나아가서는 안됩니다."라고 말하였다. 그러나 나만은 "우리 배만 갑자기 이르면 적들은 우리들의 속내를 파악하지 못할 것이고, 만약 오랫동안 머물면서 나아가지 않으면 저들이 도리어 우리의 사정을 엿볼 것이다."라고 말하였다. 이에 의병疑兵[33]을 많이 펼치고 연달아 배를 빠른 속도로 전진시켜 우리에게 충분한 병력이 있음을 보여주었다. 그러자 적들이 우리의 계획을 헤아리지 못하고 끝내 가까이 다가오지 못하였으니, 참으로 천행이라고 하겠다.

16일에 감주贛州[34]에 도착하였는데 치통으로 잠을 자지도 음식을 먹지도 못하였다. 전관前官이 오랫동안 일을 처리하지 않은 나머지 온갖 일들은 복잡하고, 3개 성省의 군사들은 주둔지에 모인 것이 오래였으나, 나는 병든 몸을 지탱하고 일을 처리하면서 몇 날 밤을 지새우며 물자를 징발하느라 20일이 되어서야 감주에 딸린 고을로 진군하였다. 그런데 다시 떠돌아다니는 적 1,000여 명이 갑자기 성을 공격하였다. 그들의 기세는 자못 걷잡을 수 없어, 우리들은 이곳에서 군대를 파견해 주기만을 기다리고 있고 우리들도 정주汀州와 장주漳州의 전투에 끝내 나아가지 못하였다. 최근에는 비록 연이어 적들을 베거나 사로잡기는 했지만, 아직은 크게 이긴 적이 없고 딸린 고을의 적들과 아직도 서로 버티고 있는 상황이다. 우리들은 이미 사방으로 나누어 진군하였으니 며칠 뒤면 적을 사로잡을 수 있을 것이다.

---

33 의병 : 허장성세로 적을 혼란하게 하는 군진軍陣을 이른다.

34 감주 : 당시 왕수인은 강서성江西省의 남안南安·감주贛州, 복건성福建省의 정주汀州·장주漳州, 광동성廣東省의 남웅南雄·소주韶州·조주潮州·혜주惠州, 호광성湖廣省의 침주郴州 등 4개 성省에서 군무제독軍務提督을 맡고 있었다.

감주에 있는 병사들은 매우 지쳤기에 급히 군졸들을 불러 모았지만 날래고 용감함이 우리 고향의 문인찬聞人贊[35] 같은 무리를 본 적이 없다. 그러나 문인찬의 무리가 이곳에 오더라도 제 역할을 충분해 다 해낼지는 모르겠다. 한가한 가운데 한번 넌지시 말해보아라. 그가 자신의 바람을 꺾고 마음으로 원해야 되는 일이니 만약 군역을 수행하면서 명령을 따르려 하지 않는다면 오지 않는 것만 못할 것이다. 때마침 며느리가 쌀이 없어 죽을 끓이지 못하는데, 더구나 늙고 졸렬한 종을 부릴 수 있겠느냐? 이러한 상황을 잘 겪으면서 다행히 무사하고 지역도 조금씩 안정을 되찾아가니 반드시 서둘러 벼슬에서 물러나기를 구하려 한다. 왈인은 나의 운명과 서로 이어져 있으니[36] 이 소식을 들으면 마땅히 그도 전혀 관심이 없지는 않을 것이니 어찌하면 되겠느냐?

출발할 때 세서世瑞를 만났는데 가을과 겨울 사이에 왈인과 함께 흥이 오르면 감주를 유람할 것이라고 말하더구나. 당시 그 말을 들을 때는 자못 개의치 않았는데 지금은 도리어 무슨 일인지는 모르겠지만 과연 이렇게 된다면 또한 쓸쓸한 회포에 조금은 위안이 될 것이다. 오늘날 쇠약하고 병든 사람들이 길가에 쓰러져 있는 것을 보면 비록 모르는 사람들도 손으로 당겨주고 한번 부축을 해주는데, 더구나 친애하는 사이에 있어서는 어떠하겠느냐?

북해北海[37]의 새로운 거처는 노비들이 잘 경영하고 있느냐? 비록 언제

---

35 문인찬(?~?) : 문인聞人은 복성複姓으로 이름은 찬贊이다. 이력은 자세하지 않다.

36 왈인은……있으니 : 왕수인과 함께 성현의 학문을 공부하기로 약속을 하였기 때문이다.

37 북해 : 서애徐愛가 지금의 절강성 동소계東苕溪인 삽상雪上에 있을 때 전원田園을 구입하여 왕수인과 함께 벼슬에서 물러나 공부하자고 약속하였던 곳이다.

벼슬에서 물러날지 모르겠지만 고향 숲과 못에 대한 그리움은 간절하지 않은 날이 없구나. 또 모쪼록 왈인은 때때로 가서 지도하고 감독하여 날로 점점 일이 잘 되어가기를 바란다. 산수 속에서야 나의 풍류를 드러내지만 세속에서는 도리어 나는 너만 못하구나. 우리 두 사람은 천백번 형체를 바꾸지 못하니 어찌하면 되겠느냐?

황여黃輿[38]는 요즘 어떻게 지내느냐? 이 세상은 진실로 눈뜨고 볼수도 없는데 이 사람은 도리어 이러한 괴로운 일들을 다 떨쳐버린 듯하구나. 세서世瑞[39]·윤휘允輝[40]·상좌商佐[41]·면지勉之[42]·반규半珪[43] 등 여러 소흥紹興 고향의 벗에게는 모두 미처 편지를 쓰지 못하였다. 종현宗賢[44]·원충原忠[45]과는 만나보았느냐? 계보階甫의 농사는 도와주고 있느냐?

담원명湛元明[46] 가족이 비로소 감주에서 남경으로 갔다가 또 남경에서 감주로 돌아왔다. 그들을 보낼 수 없었는데, 지금 다시 소흥紹興으로 갔으니 모쪼록 빨리 그들을 보내 사귐을 온전히 하기 바란다.

---

38 황여 : 황여黃興는 황문원黃文轅(?~?)을 이른다. 자는 사여司興·사여思興·사유思裕로, 왕수인과 막역한 벗이었다.

39 세서 : 왕호王琥(?~?)의 자다. 절강성浙江省 소흥紹興 사람이다.

40 윤휘 : 왕수인의 제자인 손윤휘孫允輝(?~?)를 이른다.

41 상좌 : 미상이다.

42 면지 : 왕수인의 제자인 황성직黃省直(?~?)을 이른다.

43 반규 : 왕수인의 벗인 허장許璋(?~?)의 자이다. 절강성浙江省 상우上虞 사람으로 지리地理, 둔갑遁甲 등의 방술을 익혔다.

44 종현 : 황관黃綰(1477~1551)의 자이다. 또 다른 자는 숙현叔賢이고, 호는 구암久庵이다.

45 원충 : 왕수인의 제자인 응량應良(?~?)의 자이다. 절강성浙江省 선거仙居 사람이다.

46 담원명 : 원명元明은 담약수湛若水(1466~1560)의 자이다. 호는 감천甘泉이고 광동성廣東省 증성增城 사람이다. 왕수인의 벗이다.

우제兩弟[47]는 공부에 진전이 있느냐? 지난 겨울 회강會講할 때 한 말은 매우 좋았다. 문인閩人의 아우는 왔느냐? 벗들이 함께 하면서 피차 겸손하게 서로를 낮추어야 학문에 보탬이 있을 것이다. 《시경》에 "따스하고 공손한 사람은 덕의 터전이다."[48]라고 하였다. 마침 왈인이 집에 있어서 두 아우는 밤낮으로 학문을 발전시키기 좋으니, 두 아우는 힘써야 할 것이다. 너희들은 이렇게 타고난 훌륭한 자질을 갖추었으니 좋은 기회, 충분한 시간, 좋은 스승과 벗을 만났는데도 만약 또다시 허송세월한다면 이는 참으로 시간만 낭비하는 것이다. 두 아우는 힘써야 할 것이다.

정헌正憲의 독서는 매우 졸렬하니 지금 또 이를 통해 명성을 얻을 것이라 기대하지 않는다. 그가 조금이나마 효도와 공경을 알아 자신의 이익에 급급하지 않는다면 겨우나마 집안을 지킬 수 있을 것이다. 장세걸章世杰[49]은 이곳에서 잘 지내고 계신다. 날마다 방에서 머물며 달리 가는 곳도 없으니 자못 지나치게 자신을 구속한다는 느낌이 들지만, 그의 성품이 본래 안정되어 자못 이를 번민하지도 않으니 매우 사랑스럽다

극창 큰 숙부께서 수장守章을 가르치는 데 매우 체계를 갖추었으니, 독하고 좋은 술을 마시고도 자신은 취한 줄 모르는 것과 같으리라 생각한다. 그에게도 편지를 쓰지 못하였으니 내 편지가 도착을 하면 나의 뜻을 말해주어라. 한낮에 수응하느라 몹시 피곤해 등불 아래에서 급히 쓰

---

47 우제 : 서천택徐天澤(?~?)의 자가 백우伯雨이다. 절강성浙江省 여요餘姚 사람으로, 계림지부桂林知府를 지냈다.

48 따스하고……터전이다 : 《시경詩經》〈대아大雅 억抑〉에 나오는 구절이다.

49 장세걸(?~?) : 절강성浙江省 여요餘姚 사람으로, 왕수인의 아버지 왕화王華의 벗이다.

느라 다 쓰지 못한다. 내가 도의로 교분을 맺은 왕인 정랑正郎[50]에게 편지를 보내니, 수검守儉과 수문守文 두 아우도 함께 읽어보고, 수장守章도 함께 이 편지를 읽어보아라.

　2월 13일에 쓴다.

與日仁諸弟書.

正月三日, 自洪都發舟, 初十日次廬陵, 爲父老留再宿. 十三日末, 至萬安四十里, 遇群盜千餘, 截江焚掠, 煙焰障天. 妻奴皆懼, 始有悔來之意. 地方吏民及舟中之人, 亦皆力阻, 謂不可前, 鄙意獨以爲我舟驟至, 賊人當未能知虛實, 若久頓不進, 必反爲彼所窺. 乃多張疑兵, 連舟速進, 示以有餘. 賊人莫測所爲, 竟亦不敢逼, 眞所謂天幸也.

十六日抵贛州, 齒痛不能寢食. 前官久闕之餘, 百冗紛沓, 三省軍士屯聚日久, 只得扶病蕆事, 連夜調發, 卽於二十日進兵贛州屬邑. 復有流賊千餘, 突來攻城, 勢頗猖獗, 亦須調度, 汀漳之役, 遂不能親往. 近雖陸續有所斬獲, 然未能大捷, 屬邑賊尙相持, 已遣兵四路分截, 數日後或可成擒矣.

贛州兵極疲, 倉卒召募, 未見有精勇如吾邑聞人贊之流者. 不知聞人贊之流亦肯來此效用否, 閑中試一諷之. 得渠肯屈心情願乃可, 若不肯隨軍用命, 則又不若不來矣. 巧婦不能爲無米粥, 況使老拙婢乎? 過此幸無事, 得地方稍定息, 決須急求退. 日仁與吾命緣相系, 聞此當亦不能恝然, 如何而可, 如何而可!

行時見世瑞, 說秋冬之間欲與日仁乘興來游. 當時聞之, 殊不爲意, 今却何因,

果得如此, 亦足以稍慰離索之懷. 今見衰疾之人, 顚仆道左, 雖不相知, 亦將引手一扶, 況其所親愛乎?

北海新居, 奴輩能經營否? 雖未知何日得脫網羅, 然舊林故淵之想, 無日不切, 亦須日仁時去指督, 庶可日漸就緒. 山水中間須著我, 風塵堆裏却輸儂, 吾兩人者, 正未能千百化身耳, 如何而可, 如何而可?

黃輿(阿睹)[51]近如何? 似此世界, 眞是開眼不得, 此老却已省却此一分煩惱矣.

世瑞·允輝·商佐·勉之·半珪凡越中諸友, 皆不及作書. 宗賢·原忠已會面否? 階甫田事能協力否?

湛元明家人, 始自贛往留都, 又自留都返贛, 遣之還不可, 今復來入越, 須早遣發, 庶全交好.

雨弟進修近何如? 去冬會講之說, 甚善. 聞人弟已來否, 朋友群居, 惟彼此謙虛向下, 乃爲有益, 詩所謂, 溫溫恭人, 惟德之基也. 趁日仁在家, 二弟正好日夜求益, 二弟勉之! 有此好資質, 當此好地步, 乘此好光陰, 遇此好師友, 若又虛度過日, 却是眞虛度也. 二弟勉之.

正憲讀書極拙, 今亦不能以此相望, 得渠稍知孝弟, 不汲汲爲利, 僅守門戶足矣.

章世杰在此亦平安. 日處一室中, 他更無可往, 頗覺太拘束. 得渠性本安靜, 殊不以此爲悶, 甚可愛耳.

克彰叔公敎守章極得體, 想已如飮醇酒, 不覺自醉矣. 亦不及作書, 書至可道意. 日中應酬儂甚, 燈下草草作此, 不能盡, 不能盡. 守仁書奉日仁正郎賢弟道契. 守儉·守文二弟同此. 守章亦可讀與知之.

二月十三日書.

---

51 (阿睹) : '阿睹'는 글이 유전되는 과정에서 잘못 첨입된 글자이다.

8. 산 속과 동굴 속의 도적들을 남김없이 섬멸하여

여러 아우들에게 보내는 편지

🌐 정덕正德 13년(1518, 47세)에 보낸 편지이다. 1517년 10월에 횡수橫水와 통
강桶岡의 도적떼를 평정하고, 1518년 1월에 삼리三浰의 도적을 토벌하였다. 이
공적으로 왕수인은 6월에 도찰원都察院 우부도어사右副都御史로 승진하였다.

고향 사람이 소흥紹興에서 올 때마다 아버지의 편지를 받고 할머니께
서 건강하시고 여요餘姚에 계시는 백숙모께서도 복 받으시고 아우들도
편안하고 아이들도 공부를 잘 하고 있음을 알았으니 갖가지가 모두 기
쁘다. 또 아우들이 각기 새 집을 이미 다 지었다는 말을 들었다. 세 번
째 아우가 지으려 한 것은 매우 웅장하고 계획이 합리적이었으니, 내가
비록 직접 보지는 못하였지만 대략 상상이 되는구나. 이는 모두 긍구肯
構52와 이모貽謀53로서 피할 수 없는 상황이었는데, 지금 일찍이 힘써 큰

---

52 긍구 : 선조의 유업을 이어 다시 건물을 세운 것을 말한다. 《서경書經》〈대고大誥〉
  의 "아버지가 집을 지으려고 모든 방법을 강구해 놓았는데 아들이 집터를 닦으려
  도 하지 않는다면 집을 얽어 만들 수가 있겠는가.[若考作室 旣底法 厥子乃不肯堂 矧肯
  構]"라는 말에서 유래한다.

53 이모 : 자손에 대한 부모의 가르침을 이르는 말이다. 《시경詩經》〈대아大雅 문왕유성
  文王有聲〉의 "자기 손자에게 훈모訓模를 끼쳐주어 자기 아들을 편안히 하고, 공경하
  게 한다.[貽厥孫謨 以燕翼子]"라는 말에서 유래한다.

일을 마무리하였으니 이 또한 위안이 된다.

우리 가족은 할아버지 때부터 대대로 우애를 돈독히 하였다. 우리들에 이르러서는 비록 아직은 다른 사람들처럼 서로 꺼리고 싫어하는 틈이 벌어지지 않았지만 노인의 세대와 비교한다면 우애의 가풍이 이미 많이 쇠퇴해졌다. 만약 내가 아우들을 대하는 것처럼 평상시 행동을 한다면 겉으로는 대개 어찌 드러난 잘못이 있겠느냐? 그러나 스스로 자신의 마음을 미루어 도를 다하였는지 지극한 정성으로 가엽게 여겼는지 반성해 본다면 부끄럽고 한스러운 마음을 이루 다 말할 수 없다.

그 까닭을 깊이 생각해 보면 모두 평상시 욕심대로 일을 벌이거나 마음 내키는 대로 사사로운 일을 하면서도 스스로 옳다고 여기면서 이미 그릇된 곳으로 빠진 것을 살피지 못하고 있고, 스스로 정의를 따른다고 여기면서 이미 이익에 방종한다는 것을 깨닫지 못해서이다. 다만 남들이 자기만 못한 것은 보면서 자신이 남들만 못한 것이 이미 많다는 것은 보지 못하고, 다만 남들이 이치를 따르지 않는다는 것은 알면서 자신이 이치를 따르지 않는 것도 있다는 것은 알지 못하니, 이른바 "남을 꾸짖는 데는 밝고 자신을 용서하는 데는 어둡다."[54]는 것이다.

지난 며칠 동안 매번 이 말을 생각해 보니, 이미 저지른 잘못에 마음이 불편하고 부끄러웠다.

통렬하게 스스로 책망하여 '반드시 이 나쁜 성질을 잘 고쳐, 이로부터 다시는 이런 일을 하지 않겠다.'고 다짐하였다. 그렇지만 앞으로 끝내 어

---

54 남을……어둡다 : 《송사宋史》 권314 〈범순인열전范純仁列傳〉에 "사람이 지극히 어리석어도 남을 책망하는 데는 밝고 비록 총명함이 있어도 자기를 용서하는 데는 어둡다.[人雖至愚 責人則明 雖有聰明 恕己則昏]"라는 구절이 있다.

떻게 될지 모르겠다. 아우들은 힘써 노력해야 할 것이다. 우리 형이 이미 선하지 않은 일을 했다고 해서 나를 비루하게 여기지 말고, 우리 형이 끝내 고치지 못했다고 하여 나를 버리지 말아야 할 것이다. 《시경》에 "형과 아우가 서로 좋아하고, 서로 도모함이 없으리라."[55]라고 하였으니, 아우들은 힘써 노력해야 할 것이다.

내가 강서성江西省의 남안南安과 감주贛州 등지의 임지에 도착하고 나서 동쪽과 서쪽의 적들을 토벌하느라 열흘 동안 조금의 여가도 없어 비록 새장 속의 새가 숲을 그리워하듯 사임하고픈 생각이 언제나 간절하였으나 책임이 나에게 있기 때문에 진실로 벗어나기 어려운 상황이다. 지금 조정의 위무威武와 덕화德化, 조상의 음덕에 의지하여 군대를 이끌고 향했던 곳에서 다행히 모두 승리를 거두었다. 산 속과 동굴 속의 도적들을 남김없이 섬멸하여 조금이나마 책임을 완수할 수 있었다.

벼슬에서 물러나기를 요청하는 소장을 보낸 지 벌써 열흘 남짓이나 되었으니 고향으로 돌아가 여러 아우들과 서로 즐겁게 지낼 날이 머지않았다. 나를 위해 소나무 그늘 아래 돌을 쓸고 대나무 아래 지름길을 내어 둔 뒤에 순강舜江 기슭에서 나를 기다려라. 또 용천산龍泉山 꼭대기의 늙은 승려들에게 용천산 주인이 올 것이라고 말해 두어라.

가족 중에 숙부들과 아우들에게 다 편지를 쓰지 못하니 모두 나의 뜻을 일일이 전하여라.

---

55 형과……없으리라 : 집안이 화평하기를 축원하는 말이다. 《시경詩經》〈소아小雅 사간斯干〉에 "질서정연한 이 물가요, 그윽하고 그윽한 남산이로다. 대나무가 총생하는 듯하고, 소나무가 무성한 듯하도다. 형과 아우가 서로 좋아하고, 서로 도모함이 없으리로다.[秩秩斯干 幽幽南山 如竹苞矣 如松茂矣 兄及弟矣 式相好矣 無相猶矣]"라는 구절이 있다.

3. 아우들에게 보내는 편지 • 97

4월 22일 감주에 우거하고 있는 수인 큰형님의 편지를 셋째, 넷째, 여섯째, 여덟째 아우에게 부치니 받아 보거라.

그 밖에 갈포 2필, 과자은果子銀 4전은 백모와 숙모 두 어른께 드려라. 뼈로 만든 젓가락 4개는 아우들이 나누어 쓰거라. 그 밖에 또 두 번째 정 외숙에게 보내는 편지 한 통, 강남의 할머니들에게 보내는 편지 한 통, 왕극후汪克厚에게 보내는 편지 한 통, 문인방정聞人邦正 형제[56]에게 보내는 편지 한 통은 편지가 도착하는 즉시 나누어 보내고, 절대 잃어버리지 말기 바란다. 또 스물한 번째 숙부에게 보내는 편지 한 통, 여러 노선생께 감사를 드리는 편지 한 통은 모두 소흥紹興에 두었는데, 만약 여러 곳을 거쳐 집에 전달되면 이 역시 곧바로 나누어 보내거라.

이모부 문인聞人과 연로하신 왕구汪九 관리와 여러 친척 어른들과 서로 정이 두터운 주유량朱有良 선생과 주국재朱國材 선생[57]들께는 만날 때 미처 편지를 부치지 못한 뜻을 말해 다오.

또 한 통의 편지는 조카들에게 보여주어라.

與諸弟書.

鄕人自紹興來, 每得大人書, 知祖母康健, 伯叔母在餘姚, 皆納福, 弟輩亦平安, 兒曹學業有進, 種種皆有可喜. 且聞弟輩各添起樓屋, 亦已畢工. 三弟所構猶極宏壯, 規畫得宜, 吾雖未及寓目, 大略可想而知. 此皆肯構貽謀, 勢所不免, 今得蕆辦, 便是了却一事, 亦有可慰也.

---

56 문인방정(?~?) 형제 : 방정邦正과 방영邦英 형제로, 왕수인의 외사촌이다. 문인聞人은 복성複姓이다.
57 주유량 선생과 주국재 선생 : 모두 미상이다.

吾家祖父以來, 世篤友愛, 至於我等, 雖亦未至若他人之互相嫌隙, 然而比之老輩, 則友愛之風衰薄已多. 就如吾所以待諸弟, 卽其平日, 外面大槪, 亦豈便有彰顯過惡. 然而自反其所以推己盡道, 至誠惻怛之處, 則其可愧可恨, 蓋有不可勝言者. 究厥所以, 皆由平日任性作事, 率意行私, 自以爲是, 而不察其已陷於非, 自謂仗義, 而不覺其已放於利, 但見人不如我, 而不自見其不如人者已多, 但知人不循理, 而不自知其不循理者亦有, 所謂責人則明, 恕己則昏.

日來每念及此, 輒自疚心汗背. 痛自刻責, 以爲必能改此凶性, 自此當不復有此等事. 不知日後竟如何耳. 諸弟勉之. 勿謂爾兄已爲不善而鄙我, 勿謂爾兄終不能改而棄我. 兄及弟矣, 式相好矣, 無相猶矣. 諸弟勉之!

吾自到任以來, 東征西討, 不能旬日稍暇, 雖羈鳥歸林之想, 無時不切, 然責任在躬, 勢難苟免. 今賴朝廷威德, 祖宗庇蔭, 提兵所向, 皆幸克捷, 山寇峒苗, 剿除略盡, 差可塞責.

求退乞休之疏去已旬餘, 歸與諸弟相樂有日矣. 爲我掃松陰之石, 開竹下之徑, 俟我於舜江之滸. 且告絕頂諸老衲, 龍泉山主來矣.

族中諸叔父及諸弟不能盡書, 皆可一一道此意.

四月廿二日, 寓贛州長兄守仁書寄三弟·四弟·六弟·八弟收看.

外, 葛布兩匹, 果子銀四錢, 奉上伯·叔母二位老孺人, 骨箸四把, 弟輩分用.

外又, 鄭二舅書一封, 江南諸奶奶書一封, 汪克厚書一封, 聞人邦正弟兄書一封. 至卽時可分送. 勿至遺失, 千萬千萬!

又, 廿一叔書一封, 謝老先生處書一封, 皆留紹興, 倘轉寄到家, 亦可卽時分送. 聞人姨丈·汪九老官人及諸親丈, 及諸相厚如朱有良先生·朱國材先生輩, 相見時, 可道不及奉書之意.

又一封示諸侄.

9. 나쁜 습관이 이미 깊어진 뒤에는 치료하기 어려우니

여러 아우들에게 부치다

🌀 정덕正德 13년(1518, 47세)에 보낸 편지이다. 왕수인은 도적떼를 토벌하던 와중에도 7월에 고본古本《대학大學》을 출판하였고, 설간薛侃·구양덕歐陽德·황홍강黃弘綱 등 수십 명의 문인들과 학문을 토론하였다. 그는 일찍이 용장역龍場驛에서 주자의《대학장구大學章句》에 대해 의심하여 고본을 연구하였다.

여러 번 아우들의 편지를 받아보니 모두 다 잘못을 깨닫고 마음을 굳게 다지는 뜻이 있어 기쁘고 위안되는 마음이 끝이 없다. 그렇지만 아우들의 진실한 마음에서 우러나온 것인지 모르겠다. 또한 그저 말만 그렇게 한 것일 뿐이냐? 본 마음의 밝음은 태양처럼 밝아 잘못이 있으면 자신이 모르지 않을텐데 다만 고치지 못하는 것이 근심스러울 뿐이다. 한결같은 마음으로 잘못을 고치면 그 즉시 본래의 마음을 얻을 수 있을 것이다. 사람이 누군들 허물이 없겠느냐? 잘못을 고치는 것이 귀하다.

거백옥蘧伯玉[58]은 매우 어진 사람인데도 오직 "허물을 적게 하려고 하

---

58 거백옥 : 백옥伯玉은 거원蘧瑗(?~?)의 자이다. 춘추시대 위衛나라 사람으로 영공靈公 때 대부大夫를 지냈다. 겉은 관대하지만 속은 강직한 성품으로, 자신은 바르게 했지만 남을 바르게 하지는 못했다. 전하는 말로 나이 50살에 49년 동안의 잘못을 알았다고 한다. 잘못을 고치는 데 늑장을 부리지 않았다. 오吳나라의 계찰季札이 위나

지만 아직 잘하지는 못한다."[59]고 하였다. 탕湯임금과 공자는 위대한 성
인이었는데도 오직 "허물을 고치는 데 인색하지 않았다."[60]라고 하고,
"큰 허물은 없으리라."[61]라고 하였다. 사람들은 모두 "사람이 요순이 아
닌데 어떻게 허물이 없을 수 있겠는가?"라고 하는데 이 말도 서로 인습
한 말이기는 하지만 요순의 마음을 모르고 하는 말이다. 만약 요순이
마음속으로 스스로 허물이 없다고 생각했다면 성인이 된 까닭이 아니
다. 그들이 서로 주고받았던 말에 "인심은 위태하고 도심은 미세하니,
오직 정밀하고 한결같이 하여야 진실로 중도를 잡을 수 있을 것이다."[62]
라고 하였으니, 저들은 스스로 인심은 오직 위태롭다고 여긴 것이다. 그
렇다면 저들의 마음도 보통 사람과 마찬가지일 뿐이다.

'위태로움[危]'은 '잘못[過]'이다. 오직 삼가고 두려워하여 늘 정밀하고
한결같이 공부를 더해야 한다. 이렇게 하여야 진실로 중도를 잡아 잘못
을 면할 수 있다. 옛날의 성현들은 항상 스스로 자신의 잘못을 알고 고

라 찬허贊許를 지나가면서 군자君子라 여겼다. 공자孔子가 그의 행실을 칭찬하여 위
나라에 이르렀을 때 그의 집에 머물렀다.

59 허물을……못한다 : 《논어論語》〈헌문憲問〉에 공자가 노나라로 돌아온 후 거백옥이
심부름꾼을 보낸 일을 기록하고 있는데, 이때 공자가 거백옥의 안부를 묻자, 심부름
꾼은 "거백옥이 허물을 적게 하려고 하지만 아직 잘하지는 못하십니다.[夫子欲寡其
過而未能也]"라고 대답하였다.

60 허물을……않았다 : 《서경書經》〈중훼지고仲虺之誥〉에 중훼가 탕왕의 덕을 칭송하면
서 "잘못을 고치는 데 인색하지 않으셨다.[改過不吝]"라는 구절이 있다.

61 큰 허물은 없으리라 : 《논어論語》〈술이述而〉에 공자가 '내가 몇 해만 더 살아서 《주
역周易》을 다 배우게 된다면 큰 허물은 없으리라.' 하였다.[加我數年 五十而學易 可以
無大過矣]"라는 구절이 있는데, 반드시 해야 할 일을 하지 못하게 된 것을 탄식한 말
이다.

62 인심은……것이다 : 《서경書經》〈대우모大禹謨〉에 나오는 구절이다.

쳤다. 그래서 허물이 없었던 것이지 그들의 마음이 보통 사람들과 달라서가 아니다. "보이지 않아도 삼가고, 들리지 않아도 두려워하는 것"[63]은 언제나 스스로 자신의 잘못을 알아차리는 공부이다.

나는 요사이 실로 이러한 학문에 힘을 쏟아야 하는 줄 알면서도 평소의 습관이 깊은 고질이 되어 능히 치료할 용기가 부족하였기 때문에, 간절하게 미리부터 아우들에게 말해두는 것이니, 나처럼 나쁜 습관이 이미 깊어진 뒤에 능히 치료하는 어려움을 겪지 말기 바란다.

사람이 어릴 때는 정신과 기상이 이미 고무하기에 충분하고 가족으로 인한 번거로움이 아직은 마음에 절실하지 않기 때문에 힘을 쏟기가 자못 쉽다. 그런데 점점 자라서는 세속의 번거로움이 날로 깊어져 정신과 기상도 날로 점점 줄어만 간다. 그러나 학문에 급급하고 의지를 떨쳐 일으키면 그래도 오히려 할 수가 있다. 40세나 50세가 되면 서산으로 지는 해처럼 점점 쇠약해져서 다시는 만회할 수가 없다. 그래서 공자는 "40세나 50세가 되도록 세상에 알려지는 일이 없는 사람이라면 또한 두려워할 것이 없다고 하겠다."[64]라 하고, 또 "늙어서는 혈기가 쇠하므로 경계

---

63 보이지……것 : 《중용장구中庸章句》 제1장에 "도라는 것은 잠시도 떠날 수 없는 것이니, 떠날 수 있다고 한다면 그것은 도가 아니다. 그렇기 때문에 군자는 보이지 않아도 삼가는 것이요, 들리지 않아도 두려워하는 것이다. 숨어 있는 것보다 더 잘 드러나는 것이 없으며, 미세한 것보다 더 잘 나타나는 것이 없다. 그러므로 군자는 홀로 있을 때를 삼가는 것이다.[道也者 不可須臾離也 可離 非道也 是故君子戒愼乎其所不睹 恐懼乎其所不聞 莫見乎隱 莫顯乎微 故君子愼其獨也]"라는 구절이 있다.

64 40세나……하겠다 : 《논어論語》 〈자한子罕〉에 "후생을 두렵게 여겨야 할 것이니, 앞으로 후생들이 지금의 나보다 못하리라고 어떻게 장담할 수 있겠는가. 그러나 40세나 50세가 되도록 세상에 알려지는 일이 없는 사람이라면 또한 두려워할 것이 없다고 하겠다.[後生可畏 焉知來者之不如今也 四十五十而無聞焉 斯亦不足畏也已]"라는 구절이 있다.

함이 얻음에(이익, 노욕) 있다."[65]라고 하였으니, 나도 요사이 실로 이러한 병통을 앓고 있다. 그렇기 때문에 간절하게 미리부터 아우들에게 말해두는 것이다. 마땅히 적시에 노력하고 때를 놓치고 한갓 후회하지 말아야 할 것이다.

寄諸弟.

屢得弟輩書, 皆有悔悟奮發之意, 喜慰無盡, 但不知弟輩, 果出於誠心乎? 亦謾爲之說云爾?

本心之明, 皎如白日, 無有有過而不自知者, 但患不能改耳. 一念改過, 當時卽得本心, 人孰無過? 改之爲貴.

蘧伯玉, 大賢也, 惟曰, 欲寡其過而未能. 成湯·孔子, 大聖也, 亦惟曰, 改過不吝, 可以無大過而已. 人皆曰, 人非堯舜, 安能無過, 此亦相沿之說, 未足以知堯舜之心. 若堯舜之心而自以爲無過, 卽非所以爲聖人矣. 其相授受之言曰, 人心惟危, 道心惟微, 惟精惟一, 允執厥中, 彼其自以爲人心之惟危也, 則其心亦與人同耳.

危卽過也, 惟其兢兢業業, 嘗加精一之功, 是以能允執厥中而免於過. 古之聖賢, 時時自見己過而改之, 是以能無過, 非其心果與人異也. 戒愼不睹, 恐懼不聞者, 時時自見己過之功.

---

65 늙어서는……있다 :《논어論語》〈계씨季氏〉에 "군자에게 세 가지 경계함이 있으니, 젊을 때엔 혈기가 정해지지 않았으므로 경계함이 여색에 있고, 장성해서는 혈기가 한창 강하므로 경계함이 싸움에 있고, 늙어서는 혈기가 쇠하므로 경계함이 얻음에 있다.[君子有三戒 少之時 血氣未定 戒之在色 及其壯也 血氣方剛 戒之在斗 及其老也 血氣旣衰 戒之在得]"라는 구절이 있다.

吾近來實見此學有用力處, 但爲平日習染深痼, 克治欠勇, 故切切預爲弟輩言之, 毋使亦如吾之習染旣深, 而後克治之難也.

人方少時, 精神意氣旣足鼓舞, 而身家之累, 尙未切心, 故用力頗易. 迨其漸長, 世累日深, 而精神意氣, 亦日漸以減, 然能汲汲奮志於學, 則猶尙可有爲. 至於四十·五十, 卽如下山之日, 漸以微滅, 不復可挽矣. 故孔子云, 四十·五十而無聞焉, 斯亦不足畏也已. 又曰, 及其老也, 血氣旣衰, 戒之在得. 吾亦近來實見此病, 故亦切切預爲弟輩言之. 宜及時勉力, 毋使過時而徒悔也.

10. 집안에서 방탕하게 날을 보내게 해서는 안 되니

여요餘姚에 있는 여러 아우에게 부치다

🔵 가정嘉靖 원년(1522, 51세)에 보낸 편지이다. 1522년 1월에 벼슬을 사양하는 상소를 올렸다. 2월, 아버지 왕화王華와 조부와 증조부에게 조정에서 신건백新建伯의 벼슬을 내리는 사자를 보냈다. 이를 맞이하러 나간 사이 위독하던 77세의 아버지가 사망하였다. 이에 왕수인은 아버지의 부재로 인한 여러 가지 집안일을 하나하나 점검하고 지시하였다.

나의 집안일은 아직도 끊임이 없어 오로지 너희들이 이곳에 와 나누어 처리해주기를 기다리고 있는데 어찌 한번 가서는 오랫동안 올라오지 않느냐? 선인들이 남기신 가르침이 귀에 쟁쟁한데 어찌 이렇게 무관심할 수 있느냐?

농장의 농사일이 비록 한창 바쁜 때이기는 하지만, 모쪼록 열흘 동안만 잠시 제쳐두고라도 절대로 다시 지연하지 말거라.

정심正心[66]과 정사正思[67]는 제학提學[68] 시험에 통과되기를 기다렸다가

---

66 정심(?~?) : 왕수인의 종조카이다.

67 정사(?~?) : 왕수인의 숙부인 왕곤王袞의 손자이고, 왕수례王守禮의 아들이다. 자는 중행仲行이고, 호는 오운五云이다. 벼슬은 지부知府를 지냈다.

68 제학 : 송나라 휘종徽宗 때 각 노로路에 둔 제거학사사提舉學事司에서 주현州縣의 학정

곧바로 올라오너라. 정서正恕와 정유正愈와 정혜正惠[69]는 먼저 데리고 와
도 된다. 요사이 정사 무리들이 이곳에 있으면서 비로소 조금이나마 공
부에 발전이 있는 것을 느끼겠으니 절대로 멋대로 두어 집안에서 방탕
하게 날을 보내게 해서는 안 된다.

이곳의 좋은 벗들은 여요의 집보다 많다. 옛 사람들이 "쑥이 삼대 밭
에 나면 붙잡아 주지 않아도 곧게 자란다."[70]라고 하였으니, 이 말은 참
으로 거짓말이 아니다.

큰 형 백안伯安[71]이 편지를 보내니, 셋째 아우, 넷째 아우, 여섯째 아우,
여덟째 아우는 함께 보아라. 백모와 숙모 두 어른께 이 뜻을 전해다오.

寄餘姚諸弟.

此間家事尙未停當, 專俟弟輩來此分處, 何乃一去許時不見上來? 先人遺教在
耳, 其忍恝然若是耶?

田莊農務, 雖在正忙時節, 亦須暫抛旬日, 切不可再遲遲矣.

正心·正思候提學一過, 卽宜上來. 正恕·正愈·正惠先可携之同來. 近日正思輩

學政을 관장하였다. 금대金代에는 제거학교관提擧學校官이 있었고, 원대元代에는 유
학제거사儒學提擧司가 있었으며, 명대明代에는 제학도提擧道가 있었고, 청대淸代에
는 독학도督學道와 제학사提學使 등을 두어 제학이라 불렀다.

69 정서와……정혜 : 모두 왕수인의 조카들로 추정된다.

70 쑥이……자란다 : 벗의 중요함을 비유하여 이르는 말로, 《순자荀子》〈권학편勸學篇〉
에 "쑥이 삼대 밭에 나면 붙잡아 주지 않아도 곧게 자란다. 흰모래가 진흙 속에 있으
면 진흙과 함께 검어진다.[蓬生麻中 不扶而直 白沙在涅 與之俱黑]"라는 구절이 있다.

71 백안 : 왕수인의 자이다.

在此, 始覺稍有分毫之益, 決不可縱, 令在家放蕩過了也.

此間良友比在家稍多, 古人所謂蓬生麻中, 不扶而直, 是眞實不誑語.

長兄伯安字白, 三弟·四弟·六弟·八弟同看, 伯叔母二位老孺人, 同稟此意.

11. 비가 너무 많이 와서 여러 무덤은 가서 살펴봐야겠으니

백경伯敬[72] 아우에게 부치다

🌐 가정嘉靖 4년(1525, 54세)에 보낸 편지이다. 1525년 1월에 아내 제씨諸氏가 병으로 세상을 떠나 4월에 서산徐山에 장례를 치렀다. 9월에 고향 여요현餘姚 縣의 죽산竹山과 혈호穴湖에 있는 조상의 무덤을 찾아갔는데, 이곳에는 친모 인 정씨鄭氏도 묻혀 있다.

지난번 정사正思의 무리들이 돌아갔으니 나의 사정을 잘 알 것이라 생 각한다. 내가 월초부터 지금까지 설사가 멈추지 않다가 어제 저녁에서 야 비로소 조금 멎었다. 그렇지만 정신은 더욱 너무 피곤하니 다시 열흘 정도를 기다리면 혹시라도 회복이 될 듯하다.

이곳에는 비가 너무 많이 와서 밭에 있는 벼가 절반은 황폐해졌는데 여요餘姚는 어떠한지 모르겠다. 혈호穴湖와 죽산竹山[73]의 여러 무덤은 비 가 개면 가서 살펴보아라. 그렇지만 죽산은 흙을 막는 제방공사를 했는 데, 지금은 반드시 다 마무리되었을 것이다. 초지현楚知縣[74]이 돌아오는

---

72 백경 : 왕수인의 숙부인 왕곤王袞의 큰 아들인 왕수례王守禮(?~?)이다.

73 혈호와 죽산 : 모두 왕수인의 고향인 여요현餘姚縣에 속한 곳이다.

74 초지현 : 초楚 땅의 지현知縣으로 추정될 뿐 누구인지는 자세하지 않다.

날을 기다렸다가 마땅히 가서 말해주거라. 많은 인부들을 보내 물가에까지 관을 끌어다 두고 가을에 내가 직접 가서 안치할 때까지 기다리거라.

석산옹石山翁[75]의 집안일은 요사이 안정이 되었는지 모르겠다. 자전子 牷의 일처리라고 반드시 다 옳은 것만은 아니고 자량子良의 일처리라고 반드시 다 잘못된 것은 아닌데, 원근의 사대부들은 모두 자량에게 잘못을 돌리고 있구나. 바로 우리 집도 향리에서 조그마한 죄를 짓기라도 하면 곧바로 모두 나에게 잘못을 돌리는 것과 같으니, 이러한 억울함을 어디에 하소연하겠느냐? 이 뜻을 넌지시 자량에게 말해주어 모쪼록 그들의 부자와 형제가 평소처럼 서로 화목하게 지내는 데 힘써야 눈앞에서 자신을 헐뜯는 사람들의 말을 종식시키고 이후로 원망하는 사람들의 입에서 거의 벗어날 수 있을 것이다. 석산石山은 나와 깊은 우애가 있고 자량도 도의로 맺은 교분이 있는데, 지금 그의 집안이 이처럼 어지러우니 내가 어찌 가만히 앉아서 보기만 하고 한마디 말도 하지 않겠는가?

아우는 모쪼록 나의 뜻을 자세히 알겠지만 많은 사람들을 보내 그를 설득하지는 말거라. 여덟째 아우[76]가 집에서 하는 모든 일들을 늘 권면하고 경계시켜야 한다. 세속에서 "좋은 말은 문 밖을 나가지 않고 나쁜 말은 천리까지 전한다."[77]라고 하였다.

6월 13일, 양명산인陽明山人은 세 번째 아우 백경伯敬에게 편지를 부치

---

75 석산옹(?~?) : 성은 오씨吳氏이다. 절강성浙江省 여요현餘姚縣 사람으로, 왕수인의 벗이다.

76 여덟째 아우 : 왕수공王守恭(?~?)을 이른다. 숙부인 왕곤王袞의 작은 아들이다.

77 좋은……전한다 :《서유기西遊記》제73회에 "좋은 일은 문 밖을 나가지 않고 나쁜 일은 천리까지 전한다.[好事不出門 惡事傳千里]"라는 구절이 있다.

니 받아 보아라.

寄伯敬弟.

前正思輩回, 此間事情想能■悉, 我自月初到今, 腹瀉不止, 昨晚始得稍息. 然精神甚是困頓, 更須旬日, 或可平復也.

此間雨水太多, 田禾多半損壞, 不知餘姚却如何耳? 穴湖及竹山諸墳, 雨晴後可往一視. 竹山攔土, 此時必已完, 俟楚知縣回日, 當去說知. 多差夫役拽置河下, 俟秋間我自親回安放也.

石山翁家事, 不審近日已定帖否, 子全所處未必盡是, 子良所處未必盡非, 然而遠近士夫, 乃皆歸罪於子良. 正如我家, 但有小小得罪於鄉里, 便皆歸咎於我也. 此等冤屈, 亦何處分訴. 此意可密與子良說知之, 務須父子兄弟和好如常, 庶可以息眼前謗者之言, 而免日後忌者之口. 石山於我有深愛, 而子良又在道誼中. 今渠家紛紛若此, 我亦安忍坐視不一言之?

吾弟須悉此意, 亦勿多去人說也. 八弟在家處事, 凡百亦可時時規戒, 俗諺所謂, 好語不出門, 惡言傳千里也.

六月十三日, 陽明山人書寄伯敬三弟收看.

제4장
아들에게
보내는 편지

1. 오로지 집안을 다스리는 일에 집중하여야

정헌正憲에게 부치다

🌀 가정嘉靖 6년(1527, 56세)에 보낸 편지이다. 이 해 5월에 도찰원都察院 좌도
어사左都御史에 임명되어 광서성廣西省 사은思恩과 전주田州의 반란을 평정하라
는 명을 받았다. 당시 왕수인은 기침과 천식을 앓아 사직을 청하였지만 받아
들여지지 않았다. 어쩔 수 없이 9월에 광서성으로 반란을 진압하러 떠나면서
모든 집안일을 천연두 전문 의사인 위정표魏廷豹에게 맡겼다.

오늘 배는 벌써 엄탄嚴灘[1]을 지났고, 다리에 난 종기는 아직 완전히 낫
지 않았지만 그래도 점점 나아지고 있다. 집안의 모든 일들은 위정표魏
廷豹[2]와 상의해서 하거라.

책을 읽고 행실을 돈독히 하는 것이 나의 지극한 부탁이다. 집안 안팎
을 잘 방비하고 모쪼록 엄히 문을 지켜야 한다. 모든 손님들의 왕래와
여러 어린 종들이 드나드는 것들은 내가 남겨놓은 고시告示에 따르고
조금도 변경해서는 안 된다. 네 번째 아우는 더욱이 술과 도박을 경계하
고 오로지 집안을 다스리는 일에 집중하여야 한다. 보일保一[3]은 언행에

---

1 엄탄 : 지금의 절강성浙江省 동여현桐廬縣의 경내에 있는 곳으로, 동한 때 엄광嚴光이
  이곳에서 낚시를 하였다고 하여 붙여진 이름이다.
2 위정표 : 정표廷豹는 위직魏直(?~?)의 자이다. 호는 계암桂巖이다.
3 보일 : 보일實一이라고도 하는데, 왕수인의 둘째 외삼촌의 손자인 정방서鄭邦瑞를 이

삼가고 조심성이 있어서 맡길 만하니 남의 꾐에 빠져 내가 남긴 고시를 바꾸어서는 안 된다. 내가 목적지[前途]에 도착하면 다시 편지를 쓰겠다.

9월 23일 엄주嚴州[4] 부둣가에서 아버지가 정헌에게 편지를 부치니 받아 보아라. 할머니와 둘째 할머니께 아비는 여정 중에 별탈이 없다고 말씀드려라.

寄正憲.

卽日舟已過嚴灘, 足瘡尙未愈, 然亦漸輕減矣. 家中事凡百與魏廷豹相計議而行.

讀書敦行, 是所至囑. 內外之防, 須嚴門禁. 一應賓客來往, 及諸童仆出入, 悉依所留告示, 不得少有更改. 四官尤要戒飮博, 專心理家事. 保一謹實可托, 不得聽人哄誘, 有所改動. 我至前途, 更有書報也.

九月卄三日嚴州舟次, 父字付正憲收. 老奶奶及二老奶奶處可多多拜上, 說一路平安.

른다.

4 엄주 : 지금의 절강성浙江省 건덕시建德市로, 명나라 때 엄주부嚴州府를 두었다.

2. 네가 마땅히 몸소 솔선수범하여라

정헌正憲에게 부치다

🌀 가정嘉靖 6년(1527, 56세)에 보낸 편지이다. 이 해 5월 9월에 도찰원都察院 좌첨도어사左僉都御史에 임명이 되어 신건백新建伯의 신분으로 광동성廣東省과 광서성廣西省, 강서성江西省과 호광성湖廣省의 군무를 맡아 광서성의 반란군을 진압하러 가게 되었다. 9월초에 출발하여 가던 도중에 쓴 편지로, 당시 양자養子 정헌正憲은 19세였다.

배는 벌써 임강臨江⁵을 지났다. 새벽에 숙겸叔謙⁶을 길에서 우연히 만나 등불 아래에서 서둘러 써서 보낸다. 여정은 모두 편안하고, 기침이 아직 그치지 않았지만 크게 심하지는 않다. 광동성廣東省과 광서성廣西省의 상황은 매우 시급하여 다만 밤낮으로 급히 나아가야 하고 강서성江西省의 남안南安과 감주贛州에도 오랫동안 머무를 수가 없다.

네가 집에 있을 때는 마땅히 나의 훈계를 잘 따라서 시행하여라. 네가 독서하고 예禮를 행함이 날마다 고명한 경지로 발전하는 것이 나의 바람이다. 위정표魏廷豹는 지금 집에서 지내고 있을 것인데, 집식구들은

---

5 임강 : 지금의 강서성江西省 장수시樟樹市 임강진臨江鎭을 이른다. 명나라 때 임강부臨江府를 두었다.

6 숙겸 : 장원충張元冲(?~?)의 자이다. 호는 부봉浮峰이다. 왕수인의 제자로 우부도어사右副都御史를 지냈다.

모두 위정표의 가르침을 따르거라. 그리고 네가 마땅히 몸소 솔선수범하여라. 편지가 도착하면 너는 그 즉시 할머니와 여러 숙부님께 말씀을 드리거라. 게다가 나의 여정은 모두 편안하니 모든 일에 관해 나의 뜻을 충분히 이해하리라 생각한다. 아랫사람들을 단속하고 예법을 신중히 지켜 모든 일들은 나의 잔소리를 기다릴 필요가 없다. 정표廷豹와 덕홍德洪[7]·여중汝中[8]과 여러 동지들, 그리고 친구들 모두에게 이 뜻을 전하여라.

寄正憲

舟已過臨江, 五鼓與叔謙遇於途次, 燈下草此報汝知之. 沿途皆平安, 咳嗽尙未已, 然亦不大作. 廣中事頗急, 只得連夜速進, 南贛亦不能久留矣.

汝在家中, 凡宜從戒論而行. 讀書執禮, 日進高明, 乃吾之望. 魏廷豹此時想在家, 家衆悉宜遵廷豹敎訓, 汝宜躬率身先之. 書至, 汝卽可報祖母諸叔. 況我沿途平安, 凡百想能體悉我意, 鈴束下人謹守禮法, 皆不俟吾喋喋也. 廷豹·德洪·汝中及諸同志親友, 皆可致此意.

---

7 덕홍 : 전관錢寬(1496~1574)의 자이다. 호는 서산緖山이다. 왕기王畿와 함께 왕수인에게서 배워 '서산선생緖山先生'으로 불리었다. 저서로 《평호기平濠記》 등이 있다.

8 여중 : 왕기王畿(1498~1583)의 자이다. 호는 용계龍溪이다. 왕수인의 제자로, 돈오頓悟를 중시하여 "마음을 따라 깨달으면[從心悟入]" "하나를 통해 백을 알며[一了百了]", "크게 대오하면[大徹大悟]" "천고의 의문도 깰 수 있다.[破千古之疑]"면서 "양지를 잘 드러내[現成良知]"라고 제창하였다. 왕수인의 양지설良知說을 선학으로 발전시켰다. 저서로 《용계전집龍溪全集》 등이 있다.

3. 총아는 요사이 자라는 정황은 어떠하냐

정헌正憲에게 부치다

🟦 언제 보낸 편지인지 자세하지 않다. 왕수인이 55세(1526)에 측실에게서 아들 왕정억王正億을 얻었는데, 이 무렵에 보낸 것으로 추정된다.

오늘 벌써 상산常山에 도착한지 이틀이 되었다. 내일 아침 일찍 강서성江書省의 옥산玉山을 지날 것이다. …… 9월 30일에 출발할 것이다. …… 총아聰兒⁹는 요사이 어떻게 기르고 있느냐? 늘 강보에 싸서 젖을 먹이되 너무 지나치게 먹이거나 따뜻하게 해서는 안된다.

寄正憲

卽日已低常山兩日, 明早過玉山矣. …… 九月卅日發. …… 聰兒近來撫育如何? 一應襁褓乳哺, 不得過於飽暖.

---

9 총아 : 왕수인이 55세(1526)에 측실에게서 얻은 아들인 왕정억王正億을 이르는데, 어릴 때 이름이 왕정총王正聰이었다.

4. 너는 그들과 가까이 지내고 공경하고 미덥게 하여라

정헌正憲에게 부치다

🔹 가정嘉靖 6년(1527, 56세)에 보낸 편지이다. 광서성廣西省의 반란군을 진압하라는 조정의 명을 받았지만 당시 왕수인은 폐병과 이질이 심하여 사양하였으나 받아들여지지 않았다. 이때가 바로 그가 사망하기 한 해 전이다.

이제 막 강서江西로 들어와서 요공姚公[10]이 이미 빈주賓州[11]로 진군하였다고 들었다. 그런데 내가 저곳에 도착하면 삼사三司[12]와 각 군대를 거느리는 관원들이 어쩔 수 없이 나를 맞이하러 나올 것이니, 그렇게 되면 도리어 일에 지장을 초래할까 걱정되었다. 그러므로 일정을 늦추면서 저들이 도적떼를 평정하기를 기다렸다가 이후에 저곳으로 가서 함께 그

---

10 요공 : 명나라 장수 요막姚鏌(?~?)을 이른다. 자는 영지英之이다. 명나라는 1526년 광동성과 광서성의 양광도어사兩廣都御史 요막姚鏌이 군대를 파견하여 광서성 전주부田州府의 장족壯族 토관土官 잠맹岑猛을 죽이고 회유할 정책을 시행하였다. 그러나 잠맹의 부하 토목土目 노소盧蘇가 불만을 품고 광서성 사은부思恩府 토목 왕수王受 등과 연합하여 군대를 일으켜서 반란을 일으켰다. 조정에서는 요막처럼 전주부를 공격하여 평정하는 것보다 교지국과 광서성 서남지역이 연합하지 못하도록 전략을 세워야 한다고 여겨 1527년 요막을 파면하고 왕수인을 대신 파견하였다. 왕수인은 가정 6년(1527, 56세) 12월에 오주梧州에 도착하여, 이듬해 2월에 반란군을 진압하였다.

11 빈주 : 지금의 광서성廣西省 빈양현賓陽縣으로, 명나라 때 빈주賓州를 두었다.

12 삼사 : 명나라의 지방 행정기관이다.

들과 일을 하려고 생각했었다. 그런데 11월 7일 비로소 매령梅嶺[13]을 지나면서 바로 요공이 그곳에 있으면서 병사들이 부족하여 아직도 군대를 진군하지 못하고 있다는 말을 듣고 밤낮으로 서둘러 길을 가고 있다. 오늘 이미 삼수三水[14]를 지나 오주梧州[15]와의 거리가 멀지 않으니 4~5일이면 도착할 것이다. 가는 길에는 모두 편안하였는데, 다만 기침이 아직 완전히 낫지 않았다. 그렇지만 크게 근심할 것은 못된다. 편지가 도착하면 할머니와 숙부들께 말씀을 드리고, 모두 반드시 마음 쓸 필요는 없다고 하여라.

집안의 모든 일들은 다 내가 경계한 대로 시행하여라. 위정표魏廷豹·전덕홍錢德洪·왕여중王汝中은 나의 부탁을 저버리지 않을 것이니 너는 그들과 가까이 지내고 공경하고 미덥게 하기를 마치 지초芝草와 난초蘭草에 나아가듯 하여라. 스물두 번째 삼촌은 충성스럽고 신실하며 학문을 좋아하니 너를 이끌고 독서하는 데 반드시 바로잡아 주고 격려해줄 수 있을 것이다.

너는 요사이 조금이라도 학문에 발전이 있는지 모르겠다. 총아聰兒는 요사이 자고 먹는 것이 어떠하냐? 모든 일들은 다 위정표의 가르침을 공경히 따르고 유모 같은 사람들의 말을 가벼이 믿지 말기를 당부한다. 모든 세금장부는 직접 서둘러 처리해야지 나의 반복된 부탁을 기다릴

---

13 매령 : 강서성江西省 대여大餘와 광동성廣東省 남웅南雄이 교차되는 곳으로 고개 위에 매관梅關이 있다. 이곳은 광동성과 강서성의 중요한 요충지이다.

14 삼수 : 명나라 가정嘉靖 5년(1526)에 삼수현三水縣을 두었는데, 지금의 광동성廣東省 불산시佛山市 삼수구三水區이다.

15 오주 : 지금의 광서성廣西省 오주梧州를 이른다. 명나라 가정 연간에 광서성과 광동성에 제독아문提督衙門을 오주에 주둔시켰다.

필요가 없다. 지금 내가 국가의 막중한 일을 맡고 있으니 어찌 다시 집안일을 염려할 수 있겠느냐? 너희들 스스로 마땅히 충분히 헤아려 힘쓴다면 훌륭한 자제子弟가 될 것이다.

11월 보름.

寄正憲

初到江西, 因聞姚公已在賓州進兵, 恐我到彼, 則三司及各領兵官, 未免出來迎接, 反致阻撓其事, 是以遲遲其行. 意欲俟彼成功, 然後往彼. 公同與之一處, 十一月初七, 始過梅嶺, 乃聞姚公在彼以兵少之故. 尙未敢發哨, 以是只得晝夜兼程而行. 今日已度三水, 去梧州已不遠, 再四五日可到矣. 途中皆平安, 只是咳嗽, 尙未全愈, 然亦不爲大患. 書到, 可卽告祖母汝諸叔知之, 皆不必掛念.

家中凡百, 皆只依我戒諭而行. 魏廷豹·錢德洪·王汝中當不負所托, 汝宜親近敬信, 如就芝蘭可也. 卄二叔忠信好學, 携汝讀書, 必能切勵.

汝不審近日, 亦有少進益否? 聰兒邇來眠食如何? 凡百只宜謹聽魏廷豹指教, 不可輕信奶婆之類, 至囑至囑! 一應租稅帳目, 自宜上緊, 須不俟我丁寧. 我今國事在身, 豈復能記念家事, 汝輩自宜體悉勉勵. 方是佳子弟爾.

十一月望.

5. 내가 돌아가는 날 결단코 가벼이 용서하지 않을 것이다

정헌正憲에게 부치다

🌐 가정嘉靖 6년(1527, 56세)에 양자인 정헌正憲에게 보낸 편지이다. 당시 정헌은 20살로, 평소 자신이 당부한 말들을 잘 지키고 있어 마음이 놓인다는 소식을 전하면서도, 아직은 공부의 본령이 갖추어지지 않은 상태이니 과거시험을 보지 않는 것이 좋겠다는 생각을 전하면서도 결국 정헌의 결정대로 하라는 심정을 전한다. 왕수인은 이 편지를 보내고 약 2달 후 57세의 나이로 세상을 떠났다. 왕수인은 자신의 건강상태로 보아 오래 살지 못할 것을 직감한 것인지 가정사에 관하여 더욱 세심하게 신경을 쓰고 당부하였다.

최근 네가 보낸 두 통의 편지를 받고 식구들이 모두 잘 지낸다는 것을 알았다. 그리고 너는 나의 가르침을 잘 지키고 어기지 않는다고 하니, 너의 말대로라면 나는 아무런 걱정이 없다. 모든 집안일과 크고 작은 종들은 모두 위정표魏廷豹의 판단을 따라 시행하여야 한다. 요사이 너의 작은 아버지 수도守度가 자못 그를 믿지 않고 갈등을 일으킨다는 말을 들었다. 그간의 잘잘못을 따질 것 없이 그와 갈등을 일으킨 것은 이미 크게 잘못된 것이다.

연이어 수도가 여전히 방탕하게 놀러 다닌다고 들었는데, 끝내 교화하여 인도하기 어려울 듯하구나. 네가 한번 그에게 어떻게 해야만 좋을

지 스스로 생각해 보라고 물어보아라. 너의 작은 아버지 수제守悌가 보내온 편지에 '네가 과거시험을 보고 싶어 한다.'고 하더구나. 너는 아직 공부의 본령이 갖추어지지 않아 헛된 욕심이 될까 걱정이다. 네가 최근에 공부의 발전이 어느 정도인지 내가 모르니 네 스스로 생각하여 결정하여라. 나는 너를 막지도 않지만 억지로 강권하지도 않는다.

덕홍德洪·여중汝中과 여러 정직하고 고명한 사람들이 너에게 덕의德義를 가르쳐주고 너의 잘못을 바로잡아주고 싶어 하니 너는 자주 그들을 찾아가거라. 네가 만약 물고기가 잠시도 물을 떠날 수 없는 것처럼 이들을 떠나지 않는다면 네가 그들에 미치지 못한다고 하더라도 나는 걱정하지 않을 것이다.

내가 평생토록 학문을 닦고 연구한 것은 '치양지致良知'[16] 세 글자이다. 인仁은 사람이 타고난 마음이다. 양지良知의 정성스럽고 사랑하고 측은하게 여기는 것이 바로 인仁이다. 정성스럽고 사랑하고 측은하게 여기는 마음이 없다면 양지를 이룰 수 없다. 너는 이러한 부분에 대하여 마땅히 더더욱 맹렬히 살펴보아야 한다.

집안의 모든 일은 내가 일일이 자세하게 언급할 수 없으니, 네가 나의 가르침을 잘 지켜준다면 나도 일일이 자세하게 말할 필요가 없을 것이다. 여요현餘姚縣의 여러 숙부들과 형제들에게도 내 말을 알려주어라.

---

16 치양지 : 모든 인간의 마음 속에 있는 천리인 양지良知를 지극히 다한다는 뜻이다. 즉 인간의 마음에는 선천적으로 천리로서의 도덕성이 갖추어져 있다는 전제 하에, 그것에 의하여 옳고 그름을 바르게 깨닫는 마음 작용을 '양지'라 하고, 이 양지를 끝까지 밀고 충분히 그 작용을 발휘하는 것을 '치致'라고 하였다. 따라서 사욕을 극복하고 인간의 순수한 본래 성만을 유지한다면[致良知] 누구나 지선至善의 경지에 이를 수 있음을 주장한 설이다.

지난달에 사인舍人[17] 임예任銳를 보내 편지를 부쳤는데 지금쯤이면 돌아오는 길을 나섰을 것이다. 아직 출발하지 않았다면 강서성江西省 순무巡撫를 맡았던 때 아뢰었던 자료와 비문批文[18] 1책을 포함해 모두 14본을 묶어서 본 사인에게 딸려 보내라.

나는 지금 광서성廣西省 평남현平南縣에 도착하였는데 전주부田州府와 점점 가까워지고 있다. 전주田州[19]의 일을 내가 요막姚鏌에게 인수 받고 나서 한번 혼자서 일처리가 힘들어 혹시라도 남에게 힘입어 일이 이루어질 수 있을 것 같다. 다른 일들도 이와 비슷한 경우가 많겠지만 나도 그 사이에 몸이 한번 놓여 진다면 단번에 벗어나기는 쉽지 않을 것이다.

너는 집안의 모든 일들은 마땅히 나의 가르침을 잘 지키고 열심히 공부하여 착한 사람이 되어라. 덕홍德洪·여중汝中 등을 수시로 가깝게 지내고 가르쳐 달라고 요구하거라. 총아聰兒를 위정표에게 맡겨놓았으니 때때로 가서 살펴보아라. 정표는 충성스럽고 미더운 군자이니 마땅히 나의 부탁을 저버리지 않을 게다. 그러나 집안 식구들 가운데 간혹 불손하고 오만해서 약속을 따르려 하지 않는 자가 있다면 네가 위정표와 함께 호되게 처벌하여야 한다.

내가 집에 돌아가는 날 결단코 가벼이 용서하지 않을 것이다. 너는 아침저녁으로 나의 뜻을 경계하고 신칙하기 바란다. 스물두 번째 삼촌의 최근 공부는 어떠하냐? 수도守度는 요사이에 몸을 닦고 반성하는 것이

---

17 사인 : 명나라 때 군대에서 세습을 기다리는 군관의 자제를 이른다.

18 비문 : 하급 관청에서 올려 보낸 공문에 대한 상급 기관 또는 관계 부문의 회답한 공문서를 이른다.

19 전주 : 지금의 광서성廣西省 전동현田東縣을 이른다.

어떠하냐? 보일保一이 맡은 일은 어떠하냐? 보삼保三은 최근에 잘못을 고쳤느냐? 왕상王祥 등은 아침저녁으로 맡은 일을 잘하고 있느냐? 왕정王禎은 멀리 외출하지 않느냐? 이런 일들은 내가 국가의 막중한 일을 맡고 있으니 어떻게 신경을 쓸 수 있겠느냐? 자잘한 집안일들은 너희들이 스스로 나의 뜻을 헤아려서 예법에 맞게 수행하여 나에게 걱정을 끼치지 않도록 하는 것이 좋겠다.

12월 5일에 부친다.

寄正憲

近兩得汝書, 知家中大小平安. 且汝自言能守吾訓戒, 不敢違越, 果如所言, 吾無憂矣. 凡百家事及大小童僕, 皆須聽魏廷豹斷決而行. 近聞守度頗不遵信, 致牴牾廷豹, 未論其間是非曲直, 只是牴牾廷豹, 便已大不是矣.

繼聞其遊蕩奢縱如故, 想亦終難化導, 試問他畢竟如何乃可, 宜自思之. 守悌叔書來, 云汝欲出應試. 但汝本領未備, 恐成虛願. 汝近來學業所進吾不知, 汝自量度而行, 吾不阻汝, 亦不強汝也.

德洪·汝中及諸直諒高明, 凡肯勉汝以德義, 規汝以過失者, 汝宜時時親就, 汝若能如魚之於水, 不能須臾而離, 則不及人不爲憂矣.

吾平生講學, 只是致良知三字. 仁, 人心也, 良知之誠愛惻怛處, 便是仁, 無誠愛惻怛之心, 亦無良知可致矣. 汝於此處, 宜加猛省.

家中凡事不暇一一細及, 汝果能敬守訓戒, 吾亦不必一一細及也. 餘姚諸叔父·昆弟, 皆以吾言告之. 前月曾遣舍人任銳寄書, 歷此時當已發回. 若未發回, 可將江西巡撫時, 奏報批行稿簿一册, 共計十四本, 封固付本舍帶來.

我今已至平南縣, 此去田州漸近. 田州之事, 我承姚公之後, 或者可以因人成事. 但他處事務似此者尙多, 恐一置身其間, 一時未易解脫耳.

汝在家凡百務, 宜守我戒諭, 學做好人. 德洪·汝中輩須時時親近, 請敎求益. 聰兒已托魏廷豹, 時常一看. 廷豹忠信君子, 當能不負所托. 但家衆, 或有桀驁不肯遵奉其約束者, 汝須相與痛加懲治.

我歸來日, 斷不輕恕, 汝可早晚常以此意戒飭之. 廿二弟近來砥礪如何, 守度近來修省如何? 保一近來管事如何, 保三近來改過如何, 王祥等早晚照管如何, 王禎不遠出否? 此等事, 我方有國事在身, 安能分念及此瑣瑣家務? 汝等自宜體我之意, 謹守禮法, 不致累我懷抱乃可耳.

十二月初五日發.

6. 오랑캐들이 무기를 버리고 스스로 결박한 채 투항을 하니

정헌正憲에게 부치다

🔵 가정嘉靖 7년(1528, 57세)에 보낸 편지이다. 당시 광동성廣東省과 광서성廣西
省에서 일어난 반란을 평정하고 돌아가면서 보낸 편지이다. 이 해 11월 29일
(음력 1529년 1월 9일), 왕수인은 병으로 강서성江西省 남안부南安府 대유현大庾
縣 청룡포靑龍鋪 부두에서 사망하였다. 병의 위중함을 지켜본 제자들은 왕수
인의 관을 짤 나무를 배 안에 미리 준비해 두고 있었다. 다음 해 11월 11일 왕
수인이 생전에 정해둔 소흥紹興에서 조금 떨어진 산에 안장되었다.

지난해 12월 26일 비로소 남령南寧[20]에 도착하여 반란을 일으킨 오랑
캐들을 만나보니 모두 진심으로 귀순할 뜻이 있었다. 그래서 포위한 군
대를 해산시키고 살 길을 보여주었다.

1월 26일이 되자 오랑캐들이 과연 다 무기를 버리고 스스로 결박한 채
투항을 하니, 모두 7만 명 남짓이었다. 지방은 다행히 평정되었으니, 이
는 모두 조정의 살리기를 좋아하는 덕[21]이 상하를 감화시켰고 신무神

---

20 남령 : 광시성廣西省 장족壯族의 주도州都로, 명나라 때 남녕부南寧府를 두었다. '남
   쪽이 편안하기를 바란다.'는 의미를 담아 붙여진 지명이다.
21 살리기를 좋아하는 덕 : 《서경書經》〈우서虞書 대우모大禹謨〉에 법관인 고요皐陶가
   순舜임금의 호생지덕好生之德을 찬양하면서 "죄 없는 사람을 죽이기보다는 차라리
   법 적용을 제대로 못한 실수를 범하는 것이 낫다고 하여, 살리기를 좋아하는 덕이
   백성들의 마음에 흠뻑 젖어 들었습니다.[與其殺不辜 寧失不經 好生之德 洽于民心]"라

武[22]로 죽이지 않는 위엄[23]이 말없이 운행되어 이러한 결과를 이룰 수 있었던 것이다.

우리 가족은 조상의 은택을 남몰래 입어 참혹한 죽음도 없이 집안이 망하는 근심을 면하게 되었다. 일처리가 대략 안정되기를 기다렸다가 곧바로 상소를 하여 고향으로 돌아가도록 빌 것이니, 서로 만날 기약을 점점 예측할 수가 있구나. 집안은 연로하신 할머니[24] 이하 모두 평안할 것이라 생각한다. 지금 이 소식을 들으면 더욱 걱정에서 벗어나게 할 수 있을 것이다.

내가 지방의 중임을 맡고 있으니, 어떻게 다시 집안일을 돌볼 수 있겠느냐. 아우들과 정헌正憲은 다만 내가 경계한 말을 유념하여 언제나 덕홍德洪·여중汝中과 함께 도덕과 의리를 갈고 닦는다면 내가 무엇을 걱정하겠느냐. 여요餘姚의 여러 아우와 조카들에게는 편지가 도착하면 모두에게 이 뜻을 알려주어라.

寄正憲.

去歲十二月卄六日, 始抵南寧, 因見各夷, 皆有向化之誠, 乃盡散甲兵, 示以生路.

는 구절에서 유래한다.

22 신무 : 길흉화복의 위력으로 천하를 복종시킬 뿐, 형벌로 죽이지 않음을 이르는 말이다.

23 죽이지 않는 위엄 : 《주역周易》〈계사전 상繫辭傳上〉의 "그 누가 이에 참여하겠는가. 옛날에 총명하고 예지가 있으며 신무하여 죽이지 않는 자일 것이다.[其孰能與於此哉 古之聰明叡知神武而不殺者夫]"라는 구절에서 유래한다.

24 할머니 : 왕수인의 계모인 조씨趙氏를 이르는데, 정헌正憲의 입장에서 '할머니'라고 말한 것이다.

至正月廿六日, 各夷, 果皆投戈釋甲, 自縛歸降, 凡七萬餘衆. 地方幸已平定. 是皆朝廷好生之德, 感格上下, 神武不殺之威, 潛孚默運, 以能致此.

在我一家, 則亦祖宗德澤陰庇, 得[天]无殺戮之慘[25], 以免覆敗之患. 俟處置略定, 便當上疏乞歸, 相見之期漸可卜矣. 家中自老奶奶以下想, 皆平安. 今聞此信, 益可以免勞掛念.

我有地方重寄, 豈能復顧家事! 弟輩與正憲, 只照依我所留戒諭之言, 時時與德洪·汝中輩切磋道義, 吾復何慮. 餘姚諸弟任, 書到咸報知之.

---

25 得[天]无殺戮之慘 : 뜻이 통하지 않으니 '天'자는 '无'자의 오자로 추정된다. '无'자로 바로잡아 풀이하였다.

7. 수도는 여전히 돈을 낭비하면서 방탕하게 생활하니

정헌正憲에게 부치다

🟣 가정嘉靖 7년(1528, 57세)에 보낸 편지이다. 9월에 사은思恩과 전주田州의 난을 모두 평정하고 고향으로 돌아가고픈 마음이 절실하였지만 폐병이 더욱 심하여져 기침이 멈추지 않았다. 10월이 되자 왕수인의 건강은 더욱 회복되기 어려울 정도로 악화되었을 뿐만 아니라 더위와 풍토병에도 시달렸다. 고향이었으면 치료에 매진할 수 있었을 상황이지만 전쟁터에 나와 있던 처지라 병간호는 생각지도 못하였다. 또한 온몸이 종기로 뒤덮여 심각한 상태였음에도 가족들을 걱정하면서 위정표魏廷豹에게 가르침을 받도록 당부하였다.

　최근 지방의 반란은 이미 안정되어 고향에 돌아가고 싶은 생각이 일어 집안일들을 떠올려보니 마음에 들지 않는 것들이 허다하구나. 너의 작은 아버지 수도守度는 여전히 돈을 낭비하면서 방탕하게 생활하니 마땅히 중요한 일을 맡길 수 없을 뿐만이 아니다. 아울러 또한 자초하여 자신을 망칠 것이니 경계하고 경계하여 빨리 잘못을 고쳤으면 좋겠다.

　조카 보일寶一[26]은 부지런하니 취할 만한 부분도 있지만 작은 이익을 보면 서두르려는 욕심이 있다. 내 생각에는 타고난 복을 누리는 분수가

---

26 보일 : 보일保一이라고도 한다.

얕기 때문인 듯한데 그래도 고치면 괜찮을 것이다. 조카 보삼寶三[27]은 못된 짓을 조장하면서 잘못을 뉘우치지 않고 있으니 결단코 더 이상 집에 머무르게 하기 어렵다. 빨리 여요현餘姚縣으로 돌려보내 달리 생계를 찾게 해야 할 것이다. 만약 그를 용서하고 머무르게 하는 자가 있다면 그들도 함께 나쁜 짓을 하면서 결탁한 사람들이니 마땅히 함께 내쫓아야 한다. 내귀來貴는 간사하고 게으르면서 조금도 잘못을 반성하지 않으니 끝내 내쫓아버려야 한다. 내륭來隆·내가來價는 요즘 일을 잘하고 있는지 모르겠다. 두 사람도 아주 철저하게 반성해야 한다. 다만 두 사람이 다른 집사들 가운데 진심으로 나를 위하여 일을 하고 있다는 것을 나도 어찌 모르겠느냐? 첨복添福·첨정添定·왕삼王三 등은 하루 종일 바쁘게 일하는데 누구를 위하여 일하고 관리하는지 모르겠으니 스스로 생각해 봐야 할 것이다. 첨보添保는 아직도 자신의 잘못을 고치지 않고 있고, 귀래歸來는 반드시 엄하게 다스려야 한다.

다만 집안에 서동書童 한 사람만이 진심으로 집안을 위하여 욕을 먹건 손해를 보건 상관하지 않고 일하고 있으니 참으로 애틋한 마음이 든다. 가령 우리 집에 이러한 서동 열 명이 있다면 내 일은 모두 맡길 곳이 있을 것이다. 내쇄來瑣도 성실하여 일을 맡길 만하지만, 지나치게 고집이 세고 또 여자들 말만 듣기 때문에 발전할 가망이 없다.

집안 형제 왕상王祥·왕정王禎은 긴요한 일들은 나를 위하여 마음을 다해 집안일을 관리하고는 있지만, 다만 빠뜨리고 실수가 있는 것은 모두 너희 두 사람의 잘못이다. 이러한 일들은 모두 위정표魏廷豹의 가르

---

27 보삼 : 보삼保三이라고도 한다.

침을 따라야 하고, 따르지 않는 자들은 꾸짖도록 하여라.

寄正憲.

近因地方事已平靖, 遂動思歸之懷, 念及家事, 乃有許多不滿人意處. 守度奢淫
如舊, 非但不當重托, 兼亦自取敗壞, 戒之戒之! 尙期速改可也.

寶一勤勞, 亦有可取. 只是見小欲速, 想福分淺薄之故, 但能改創亦可. 寶三長
惡不悛, 斷已難留, 須急急遣回餘姚, 別求生理, 有容留者, 卽是同惡相濟之人,
宜竝逐之. 來貴奸惰略無改悔, 終須逐出, 來隆·來價不知近來幹辦何如? 須痛
自改省, 但看同輩中有能眞心替我管事者, 我亦何嘗不知. 添福·添定·王三等
輩, 只是終日營營, 不知爲誰經理, 試自思之! 添保尙不改過, 歸來仍須痛治.

只有書童一人實心爲家, 不顧毀譽利害, 眞可愛念. 使我家有十個書童, 我事皆
有托矣. 來瑣亦老實可托, 只是太執戀, 又聽婦言, 不長進.

王祥·王禎務要替我盡心管事, 但有闕失, 皆汝二人之罪. 俱要拱聽魏先生敎
戒, 不聽者責之.

8. 네가 뜻을 세우고 학문이 발전한다면 이만으로도 기쁘니

정헌正憲에게 부치다

🟢 가정嘉靖 7년(1528, 57세)에 보낸 편지이다. 당시 양자養子 정헌正憲이 항주杭州에서 거행된 과거시험에 응시하였다. 이 소식을 들은 왕수인은 기어이 합격에 몰두하기보다 자신의 뜻을 세우고 학문이 발전하는 계기로 삼는다면 기쁜 일이 될 것이라 격려하였다.

8월 27일 광서성廣西省 남령南寧에서 출발하여 9월 7일 이미 광동성廣東省 광주부廣州府에 도착을 하였다. 병세는 지금도 점차 회복되고는 있지만, 기침이 끝내 떨어져 나가지 않는구나. 병을 치료하기 위해 북경에 사직서를 올린지 벌써 두 달 남짓 되었으니, 머지않아 비답을 받을 것이다. 그렇게 된다면 즉시 매령梅嶺을 넘어 동쪽 고향으로 돌아갈 것이니 집에 도착할 날을 차츰 계산할 수 있겠다. 편지를 받는 즉시 할머니께 올려 소식을 알려드려라.

최근에 네가 여러 숙부와 형들을 따라 함께 항주부杭州府로 가서 향시를 보았다고 들었다. 과거시험에 합격하는 일을 내가 어찌 너에게 기필하겠느냐? 네가 뜻을 세우고 학문이 발전한다면 이만으로도 기쁜 일이다. 너의 숙부와 너의 형은 금년 향시의 결과가 어떠하냐? 열흘이나 한 달 후면 나도 시험결과를 알 수 있을 것인데, 그때는 나도 배를 타고 고향으로 출발했을 것이다. 산서성山西省 산음山陰의 장교掌教[28] 임빈林斌이 돌아가는 편으로 바쁜 와중에 짬을 내어 이렇게 편지를 써서 너에게 보낸다.

寄正憲.

八月卄七日南寧起程, 九月初七日已抵廣城, 病勢今亦漸平復, 但咳嗽終未能脫體耳. 養病本北上已二月餘, 不久當得報, 卽逾嶺東下, 則抵家漸可計日矣. 書至卽可上白祖母知之.

近聞汝從汝諸叔·諸兄, 皆在杭城就試. 科第之事, 吾豈敢必於汝, 得汝立志向上, 則亦有足喜也. 汝叔·汝兄今年利鈍如何? 想旬月後此間可以得報, 其時吾亦可以發舟矣. 因山陰林掌教歸便, 冗冗中寫此與汝知之.

---

28 장교 : 부府와 현縣의 교관教官이나 서원의 강사를 이르는 말이다.

9. 덕홍과 여중은 북경으로 올라와서 시험을 보아야 하니

정헌正憲에게 부치다

🌐 가정嘉靖 7년(1528, 57세) 9월에 보낸 편지이다. 9월 8일에 전덕홍錢德洪과 왕기王畿가 장원충張元沖을 방문하러 가는 배에서 왕수인과 학문을 토론하였다.

　내가 광동성廣東省 광주부廣州府에 온지도 보름이 넘었는데, 기침과 설사가 나서 이곳에서 거듭 열흘이나 한 달 정도를 쉬면서 병으로 인해 올렸던 사직상소에 대한 비답을 기다렸다가 곧바로 출발하려고 한다. 집안일은 말할 겨를도 없지만 그래도 다만 가족들을 잘 단속하여 어른이나 어린아이할 것 없이 모두 조심하여야 한다. 여요현餘姚縣에 있는 여덟째 작은 아버지의 일들은 요사이 어떤지 모르겠다.

　북경에서 상소를 올린 자들이 있는데 이로 인하여 의논이 널리 퍼지고 있다. 한갓 중상모략하는 사람들의 입에 오른 것들만 모았다고는 하지만 지금이 어떤 시절인데 이런 짓을 한단 말이냐.

　형제들이나 조카들도 나의 마음을 이해하려고 하지 않으니, 이는 정말로 도적이 칼을 들고 방안으로 쳐들어왔는데 집안 사람이 도적을 도와 도적질하는 꼴이니 매우 서운하고 애통하다. 너의 사씨謝氏 이모부가 돌아가는 편에 서둘러 편지를 써서 안부를 알린다. 서신이 도착하면 곧

바로 할머니와 너의 숙부들에게 알려주길 바란다. 전덕홍錢德洪·왕여중
王汝中 및 서원의 동지들에게도 모두 소식을 알려라. 덕홍·여중도 서둘
러 북경으로 올라와서 시험을 보아야 하니 너무 지체하지 마라.

寄正憲.

我至廣城已逾半月, 因咳嗽兼水瀉, 未免再將息旬月, 候養病疏命下, 卽發舟歸
矣. 家事亦不暇言, 只要戒飭家人, 大小俱要謙謹小心. 餘姚八弟等事, 近日不
知如何耳?

在京有進本者, 議論甚傳播, 徒取快讒賊之口, 此何等時節, 而可如此!

兄弟子姪中不肯略體息, 正所謂操戈入室, 助仇爲寇者也, 可恨可痛! 兼因謝姨
夫回便, 草草報平安. 書至, 卽可奉白老奶奶及汝叔輩知之. 錢德洪·王汝中及
書院諸同志, 皆可上覆, 德洪·汝中, 亦須上緊進京, 不宜太遲滯.

제5장
종조카에게
보내는 편지

• 너희들을 데리고 아침저녁으로 학문을 연마한다면

1. 너희들을 데리고 아침저녁으로 학문을 연마한다면

네 번째 조카 정사正思 등에게 보내다

🔵 정덕正德 12년(1517, 46세) 4월 30일에 보낸 편지이다. 1월에 부임지인 감주贛州에 도착하였고, 2월에 복건성福建省에서 난을 바로잡고, 4월에 군대를 정비하여 감주로 돌아왔다. 이처럼 난리를 평정하는 와중에서도 학문토론은 멈추지 않아, 어지러운 가운데 사방에서 공부하러 자신을 찾아오는 사람을 거절하지 않을 만큼 독서와 강학을 좋아하였다.

최근에 너희들의 학문이 발전하여 유사有司들이 주관하는 시험에서 앞자리를 차지하였다는 말을 들었다. 내가 그 소식을 듣고는 기뻐서 잠을 이룰 수가 없었다. 이는 우리 집안의 좋은 소식이고 우리 가족의 학문하는 가풍을 잇는 것은 너희들에게 달려 있으니, 노력하여라.

나는 너희들에게 다만 세속 사람들이 숭상하는 것처럼 높은 벼슬[1]을 얻어 자신을 영광스럽게 하고 집안을 풍요롭게 하여 시정의 아이들에게 잘난 척하는 것을 바라지 않는다. 너희들은 인仁과 예禮를 마음에 간직하고 효도와 공경을 근본으로 삼고 성현이 되기를 스스로 기약하여 선조에게 영광을 더하고 후손에게 은택이 미치도록 해야 옳을 것이다.

---

1 높은 벼슬 : 원문은 '靑紫'이니, 공경公卿의 인끈 색깔이 청자색인 것에서 유래한다.

나는 어려서 학문을 하지 못하여 좋은 행실이 없고 스승과 벗의 도움이 없어 지금 중년이 되도록 아무것도 이루어 놓은 것이 없다.

너희들은 나의 과거를 거울삼아 제때 노력하여 오늘의 나처럼 스스로 뒷날 후회하지 말아야 할 것이다. 습관과 풍속이 사람을 변화시키는 것은 마치 기름기 있는 면발과 같아서 비록 어진 사람이라고 하더라도 벗어나지 못하는데, 더구나 너희들과 같은 초학자들은 여기에 빠지지 않겠느냐? 오직 엄중하고 깊이 징계하여야 선으로 변해갈 수 있을 것이다. 옛사람이 "저속한 사람들에게서 벗어나 고명한 사람들과 어울려야 한다."[2]라고 하였는데, 이 말이 참으로 경계로 삼기 충분하니, 너희들은 기억해 두어라.

나는 일찍이 〈입지설立志說〉을 지어 너희 열 번째 숙부에게 주었는데 너희들도 한 통씩 베껴 책상 사이에 두고 때때로 살펴본다면 자신을 계발할 수 있을 것이다. 약처방이 비록 돌팔이 의원에게 전해진다고 하더라도 약은 실제로 병을 치료할 수 있는 법이다. 너희들은 백부伯父인 내가 평범한 사람이라고 하여 나의 말이 꼭 본받을 것은 없다고 여기지 말고, 또 나의 말이 합리적인 듯하지만 현실에 맞지 않는 우활한 말이니 우리들이 급선무로 여길 것이 아니라고 여기지 말거라. 만약 그렇게 한다면 나도 그런 사람은 어떻게 할 도리가 없다.[3]

---

2 저속한……한다 : 사량좌謝良佐(1050~1103)의 《사량좌가훈謝良佐家訓》에 나오는 구절이다. 사량좌는 송나라 유학자로, '상채선생上蔡先生'이라 불리었다. 자는 현도顯道이며, 정호程顥에게 배우기 시작하여 정이程頤의 문하에서 배움을 마쳤다. 유초游酢, 여대림呂大臨, 양시楊時와 함께 '정문사선생程門四先生'이라 불리었다. 저서로 《논어설論語說》 등이 있다.

3 나도……없다 : 《논어論語》 〈자한子罕〉에 공자가 "바른 소리로 일러 주는 말을 따르지

독서와 강학은 내가 가장 좋아하는 것이다. 지금 비록 도적떼와 싸우는 어지러움 속에 있지만 사방에서 공부하러 오는 사람이 있으면 나는 결코 거절해본 적이 없다. 한스러운 것은 쓸쓸히 세속의 속박에 빠져 사직하고 고향으로 돌아가지 못하는 것이다. 그렇지만 지금은 다행히 도적들이 조금 평정되어 책임을 다하고 벼슬에서 물러나기를 청하였다. 산림으로 돌아가 너희들을 데리고 아침저녁으로 학문을 연마한다면 나의 즐거움이 어떠하겠느냐?

고향으로 돌아가는 인편을 만나 먼저 너희들에게 편지를 쓰니, 너희들은 힘써서 나의 바람을 헛되게 하지 마라.

정덕正德 정축丁丑년(1517) 4월 30일.

近聞爾曹學業有進, 有司考校, 獲居前列, 吾聞之喜而不寐. 此是家門好消息, 繼吾書香者, 在爾輩矣. 勉之勉之!

吾非徒望爾輩, 但取青紫榮身肥家, 如世俗所尙, 以誇市井小兒. 爾輩須以仁禮存心, 以孝弟爲本, 以聖賢自期, 務在光前裕後, 斯可矣.

吾惟幼而失學無行, 無師友之助, 迨今中年, 未有所成.

爾輩當鑑吾旣往, 及時勉力, 毋又自貽他日之悔, 如吾今日也. 習俗移人, 如油漬面, 雖賢者不免, 況爾曹初學小子能無溺乎? 然惟痛懲深創, 乃爲善變. 昔人

않을 수 있겠는가. 그러나 그 뒤에 잘못을 고치는 것이 귀중하다. 완곡하게 이끌어 주는 말을 좋아하지 않을 수 있겠는가. 그러나 그 뒤에 그 말을 추슬러 보는 것이 귀중하다. 좋아하기만 하고 추슬러 보지 않거나 따르기만 하고 잘못을 고치지 않는다면 나도 그런 사람은 어떻게 할 도리가 없다.[法語之言 能無從乎 改之爲貴 巽與之言 能無說乎 繹之爲貴 說而不繹 從而不改 吾末如之何也已矣]"라고 한 구절이 있다.

云, 脫去凡近, 以遊高明. 此言良足以警, 小子識之!

吾嘗有立志說與爾十叔, 爾輩可從鈔錄一通, 置之几間, 時一省覽, 亦足以發. 方雖傳於庸醫, 藥可療夫眞病. 爾曹勿謂爾伯父, 只尋常人爾, 其言未必足法, 又勿謂其言雖似有理, 亦只是一場迂闊之談, 非吾輩急務. 苟如是, 吾末如之何矣!

讀書講學, 此最吾所宿好, 今雖干戈擾攘中, 四方有來學者, 吾未嘗拒之. 所恨牢落塵網, 未能脫身而歸, 今幸盜賊稍平, 以塞責求退, 歸臥林間, 携爾曹朝夕切劘砥礪, 吾何樂如之!

偶便先示爾等, 爾等勉焉, 毋虛吾望.

正德丁丑四月三十日.

제6장
처남과
처조카들에게
보내는 편지

- 재능을 드러내지 말고 충분히 학문을 쌓아야 한다
- 도는 가까이에 있는데 멀리서 구하고
- 격물치지에 관한 말을 알려주었다
- 나는 장차 그를 도에 나아가게 하려 한다

1. 재능을 드러내지 말고 충분히 학문을 쌓아야 한다

용명用明[1]에게 부치다

🌑 정덕正德 6년(1511, 40세)에 보낸 편지이다. 왕수인은 1월에 이부吏部 주사主事에 임명이 되었고, 2월에 회시會試의 고시관이 되었으며, 10월에 원외랑員外郎으로 승진하였다. 당시 왕수인과 친하게 지내던 담약수湛若水가 안남安南으로 사신을 가면서, 시험에 나올 만한 문장만을 외우는 과거시험의 폐해에 관하여 편지를 보냈다.

편지를 받고 요사이 학문에 진보가 있다는 것을 알았으니 매우 기쁘다. 군자는 오직 학업이 닦이지 않는 것만을 걱정할 뿐 얼마나 빨리 과거에 합격하느냐는 논할 것이 못된다. 더구나 내가 평소에 아우에게 바라던 것은 참으로 이보다 더 큰 것이 있었는데, 아우도 일찍이 여기에 뜻이 있었는지 모르겠다. 인편을 통해 때때로 알려다오.

제계諸階·제양諸陽[2] 조카들이 지난해에 모두 향시를 보러 갔다고 들었다. 그들이 젊고 뜻을 가지고 있는 것이 기쁘지 않은 것은 아니지만 내 마음속으로는 그렇게 여기지 않는다. 불행하게도 향시에 합격을 한다면

---

1 용명 : 왕수인의 처남인 제경諸敬(?~?)의 자이다. 왕수인의 장인인 제양諸讓은 5남 2녀를 두었는데, 용명은 네 번째 아들이다.

2 제계(?~?)·제양(?~?) : 왕수인의 처남인 제경諸敬의 두 아들이다.

어찌 자신의 삶이 잘못되지 않겠느냐?

　무릇 후생들은 아름다운 자질을 가지고 있더라도 모름지기 재능을 드러내지 말고 충분히 학문을 쌓아야 한다. 천도天道가 한 데 모이지 않으면 발산할 수가 없는데, 더구나 사람은 어떠하겠느냐. 꽃잎이 천개나 되더라도 열매가 없으면 화려한 모습만 지나치게 드러난 것일 뿐이다. 훌륭한 조카들이 나의 말을 우활하다고 여기지 않는다면 발전할 수 있을 것이다.

　편지를 보내와 나에게 벼슬을 계속하기를 권하지만 나 역시 몸가짐이 깨끗하지 않아 벼슬을 그만두는 데에 급급하게 여기는 것은 벼슬에서 물러나기에 적절하다고 여겨서 일뿐만이 아니라, 나의 학문이 아직 완성되지 않아서이다. 세월은 사람을 기다려주지 않으니 거듭 몇 년이 더 흐른다면 정신은 더욱 나빠져 비록 학문의 발전에 힘쓰려고 해도 불가능하여 끝내 아무것도 이루지 못한 채 죽고 말 것이니, 이러한 모든 것들이 내가 처한 상황으로는 어쩔 수 없기 때문이다. 다만 연로하신 할머니가 계신데 내가 벼슬을 내려놓는다면 모두 기뻐하지 않을 것이니, 지금 또한 어찌 결연히 벼슬을 그만둘 수 있겠느냐? 한갓 한탄만 할 뿐이다.

寄諸用明.

得書, 足知邇來學力之長, 甚喜! 君子惟患學業之不修, 科第遲速, 所不論也. 況吾平日所望於賢弟, 固有大於此者, 不識亦嘗有意於此否耶? 便中時報知之. 階·陽諸侄, 聞去歲皆出投試, 非不喜其年少有志, 然私心切不以爲然. 不幸遂至於得志, 豈不誤却此生耶!

凡後生美質, 須令晦養厚積. 天道不翕聚, 則不能發散, 況人乎? 花之千葉者無實, 爲其華美太發露耳. 諸賢佇不以吾言爲迂, 便當有進步處矣.

書來勸吾仕, 吾亦非潔身者, 所以汲汲於是, 非獨以時當斂晦, 亦以吾學未成. 歲月不待, 再過數年, 精神益弊, 雖欲勉進而有所不能, 則將終於無成. 皆吾所以勢有不容已也. 但老祖而下, 意皆不悅, 今亦豈能決然行之? 徒付之浩歎而已!

2. 도는 가까이에 있는데 멀리서 구하고

제양백諸陽伯에게 쓰다

🌐 정덕正德 13년(1518, 47세)에 보낸 편지이다. 8월에 설간薛侃이 서애徐愛가 왕수인의 가르침을 집록한《전습록傳習錄》1권, 서문 2편과 육징陸澄이 집록한 1권을 모아 출판하였다. 제자이자 매부인 서애가 이 해 31세의 젊은 나이로 죽자 왕수인은 매우 가슴 아파하였다.

백칭伯偁[3] 제양諸陽이 나를 따라 학문을 하고 이별하면서 몇 마디 말을 청하였다. 그래서 내가 "서로 몇 달을 함께 지내면서 학문에 대해서 논한 것이 없는데 헤어지려는 마당에 말을 청하는 것은 이미 늦은 것이 아니냐?"라고 하였다. 그러자 백칭이 "몇 달 동안 학문에 대해서 묻지도 않았고 선생님께서도 저에게 숨기는 것이 없다는 것을 알지만 혹시라도 소득이 있을까 기대하며 헤어지는 마당에 말씀을 청한 것입니다. 이미 제 스스로는 소득이 없을 것이라는 것을 알지만 선생님께서 저에게 숨기시는 것이 있을까 염려스러워서입니다."라고 하였다.

내가 "내가 무엇을 숨기겠느냐? 도는 해나 별과 같다. 자네가 시력을 쓰지 않는 것일 뿐 보지 못할 것이 없는데 자네는 또 무엇을 구하는가?

---

3 백칭 : 제양諸陽의 자이다.

도는 가까이에 있는데 멀리서 구하고 일은 쉬운 데 있는데 어려운 데서 구하니, 이것이 천하의 공통된 근심이다. 자네는 돌아가 자네의 뜻을 세우고 자네의 시력을 다하라. 이렇게 하는데도 보지 못하는 것이 있다면 내가 자네에게 숨긴 것이 될 것이다."라고 하였다.

書諸陽伯.

諸陽伯倩從予而問學, 將別請言. 予曰, 相與數月而未嘗有所論, 別而後言也, 不旣晚乎? 曰, 數月而未敢有所問, 知夫子之無隱於我, 而冀或有所得也. 別而後請言, 已自知其無所得, 而慮夫子之或隱於我也.

予曰, 吾何所隱哉? 道若日星然, 子惟不用目力焉耳, 無弗睹者也. 子又何求乎? 道在邇而求諸遠, 事在易而求諸難, 天下之通患也. 子歸而立子之志, 竭子之目力, 若是而有所弗睹, 則吾爲隱於子矣!

3. 격물치지에 관한 말을 알려주었다

제양백諸陽伯에게 쓰다

🌐 가정嘉靖 3년(1524, 53세)에 보낸 편지이다. 당시 왕수인의 강학에 참가하기 위해 300여 명 이상의 사람들이 모이기도 할 만큼 그의 학문은 널리 알려졌고 인정을 받았다. 당시 처조카인 백칭伯稱 제양諸陽은 1522년에 과거에 합격을 하였는데, 학문을 청해와 이에 대답하였다. 마음을 기르는 이치, 학문을 실천하는 방법, 부모를 봉양하는 것에 관해 다양하면서도 상세한 물음에 답하고 있다.

처조카 제양백諸陽伯이 다시 학문을 청해와 격물치지格物致知[4]에 관한 말을 알려주었다. 뒷날 다시 가르침을 청하며 "치지致知는 내 마음의 양지良知를 완성하는 것이라는 말씀은 이미 가르쳐 주셨습니다. 그런데 천하 사물의 이치는 무궁한데 오직 나의 양지良知를 완성하여 다 할 수 있

---

4 격물치지 : 《대학大學》에 나오는 구절로, 왕수인의 해석은 주희와 차이를 보인다. 주희는 격물格物의 격格을 지至, 물物을 사물이라 하여 격물치지란 '사물을 깊이 탐구하여 이치를 아는 것'이라 해석하였다. 그러나 왕수인은 격格을 정正으로 보고 물物을 사물이 아니라 마음 가운데의 물이라고 보아 격물은 마음의 바르지 않은 것을 바로잡는 것이라 하였다. 그리고 치지致知의 지知는 양지良知이고 치致는 완성이니, 치지는 사람이 타고난 본연의 지知, 즉 양지를 실현하는 것이라 했다. 양지에서는 이기理氣가 분리되어 있지 않다고 생각했기 때문에, 그의 심즉리설心卽理說은 마음에 인간의 감정이나 욕망까지 포함시켰으며 이는 사람의 본성을 본연本然과 기질氣質의 이기이원론理氣二元論으로 파악하고 감정과 인욕을 부정한 주희의 이론과 대립하였다.

습니까? 아니면 오히려 마음의 바깥에서 구해야 하는 것이 있습니까?"
라고 하였다.

그래서 내가 다시 그에게 "마음의 본체가 바로 성性이니, 성性이 바로
이치이다. 그러하니 천하에 어찌 마음 밖의 성性이 있겠느냐? 어찌 성性
밖의 이치가 있겠느냐? 어찌 이치 밖의 마음이 있겠느냐? 마음에서 벗
어나 이치를 구하는 것은 고자告子의 의義는 외면에 있다는 설[5]이다. 이
치라는 것은 마음의 조리이니, 이치가 어버이에게 드러나면 효도가 되
고 왕에게 드러나면 충성이 되며 친구에게 드러나면 믿음이 된다. 이처
럼 수도 없이 변화하여 다함이 없지만 근본은 나의 한 마음에서 드러나
지 않음이 없다. 그렇기 때문에 단정하고 의젓하고 고요하고 전일한 것
으로 마음을 기르며, 배우고 묻고 생각하고 변별하는 것으로 이치를 궁
구하는 것은 마음과 이치를 나누어 둘이라고 하는 것이다. 나의 설을
따른다면 단정하고 의젓하고 고요하고 전일한 것 역시 이치를 궁구하는
것이며, 배우고 묻고 생각하고 변별하는 것 역시 마음을 기르는 것이니,
마음을 기를 때 이른바 이치라는 것이 없다는 말이 아니고 이치를 궁구
할 때 이른바 마음이라는 것이 없다고 말하는 것이 아니다. 이는 옛사
람들의 학문은 아는 것과 실천하는 것을 병행하였기 때문에 합일되는
공효를 거두었는데, 후세 사람들의 학문은 아는 것과 실천을 분리하여
선후로 삼았기 때문에 이리저리 흩어져 갈피를 잡을 수 없는 병통을 벗
어나지 못하는 것이다."라고 하였다.

---

5 의는……설: 《맹자孟子》〈고자 상告子上〉에 "식욕과 색욕은 본성이니, 인은 내면에 있
  는 것이지 외면에 있는 것이 아니며, 의는 외면에 있는 것이지 내면에 있는 것이 아니
  다.[食色性也 仁內也 非外也 義外也 非內也]"라는 구절을 이른다.

제양諸陽이 "그렇다면 주자朱子의 이른바 '어떻게 하여야 추울 때는 따뜻하게 해드리고 더울 때는 시원하게 해드리는 절도며[6], 어떻게 하여야 봉양을 잘하는 것이 되는가?[如何而爲溫凊之節 如何而爲奉養之宜]'와 같은 것은 치지致知의 공효가 아닌지요?"라고 하였다.

내가 "이것은 이른바 지식이라는 것이니, 치지致知한다고는 할 수 없다. 어떻게 하는 것이 추울 때는 따뜻하게 해드리고 더울 때는 시원하게 해드리는지의 절도를 안다면 반드시 추울 때 따뜻하게 해드리고 더울 때 시원하게 해드리는 공효를 실제 이룬 뒤에 우리의 양지良知가 비로소 이를 수 있고, 어떻게 하여야 봉양을 잘하는 것인지 안다면 반드시 봉양하는 힘을 실제 이룬 뒤에 우리의 양지가 비로소 이를 것이니, 이렇게 하여야 마침내 '치지'라고 할 수 있다. 만약 단지 공연히 어떻게 하는 것이 겨울에는 따뜻하게 해드리고 여름에는 시원하게 해드리며, 잘 봉양하는 것을 알기만 하는데도 마침내 치지라고 한다면 누군들 치지하는 자가 아니겠는가? 《주역》에 '이를 데를 알아서 이른다.'[7]라고 하였는데, '이를 데를 아는 것[知至]'이 '지知'이고, '이르는 것[至之]'은 '치지致知'이다. 이것이 공자의 문하에서 변하지 않는 가르침이며, 백세토록 성인을 기

---

6 어떻게……절도며 : 《주자대전朱子大全》〈답왕장유별지答汪長孺別紙〉에 나오는 구절로, 원문에는 주자朱子의 말이 아니라, 왕장유汪長孺가 정자程子의 말을 인용하여 주자에게 질문한 구절로 실려 있다. 또한 왕수인의 편지와 달리 "如何而爲奉養之宜 如何而爲溫凊之節"로 기재되어 있다.

7 이를……이른다 : 《주역周易》 건괘乾卦 〈문언전文言傳〉에 도를 아는 군자君子를 말하면서 "이를 데를 알아 이르기 때문에 기미를 알 수 있고, 마칠 데를 알아 마치기 때문에 의리를 보존할 수 있다. 이런 까닭에 윗자리에 있어도 교만하지 않고 아랫자리에 있어도 근심하지 않는다.[知至至之 可與幾也 知終終之 可與存義也 是故居上位而不驕 在下位而不憂]"라는 구절이 있다.

다려도 의혹이 없는 것[8]이다."라고 하였다.

書諸陽伯.

妻侄諸陽伯復請學, 旣告之以格物致知之說矣. 他日, 復請曰, 致知者, 致吾心之良知也, 是旣聞教矣. 然天下事物之理無窮, 果惟致吾之良知而可盡乎? 抑尙有所求於其外也乎?

復告之曰, 心之體, 性也, 性卽理也. 天下寧有心外之性? 寧有性外之理乎? 寧有理外之心乎? 外心以求理, 此告子義外之說也. 理也者, 心之條理也. 是理也, 發之於親則爲孝, 發之於君則爲忠, 發之於朋友則爲信. 千變萬化, 至不可窮竭, 而莫非發於吾之一心. 故以端莊靜一爲養心, 而以學問思辨爲窮理者, 析心與理而爲二矣. 若吾之說, 則端莊靜一, 亦所以窮理, 而學問思辨, 亦所以養心, 非謂養心之時無有所謂理, 而窮理之時無有所謂心也. 此古人之學所以知行竝進而收合一之功, 後世之學, 所以分知行爲先後, 而不免於支離之病者也.

曰, 然則朱子所謂如何而爲溫凊之節, 如何而爲奉養之宜者, 非致知之功乎?

曰, 是所謂知矣, 而未可以爲致知也. 知其如何而爲溫凊之節, 則必實致其溫凊之功, 而後吾之知始至, 知其如何而爲奉養之宜, 則必實致其奉養之力, 而後吾之知始至. 如是乃可以爲致知耳. 若但空然知之爲如何溫凊奉養, 而遂謂之致知, 則孰非致知者耶? 易曰, 知至, 至之. 知至者, 知也, 至之者, 致知也. 此孔門不易之教, 百世以俟聖人而不惑者也.

---

8 백세토록……것:《중용장구中庸章句》제29장에서 군자의 도에 대해서 설명하면서 "귀신에게 물어보아도 의심이 없는 것이요, 백세토록 성인을 기다려도 의혹이 없는 것이다.[質諸鬼神而無疑 百世以俟聖人而不惑]"라는 구절이 있다.

4. 나는 장차 그를 도에 나아가게 하려 한다

양백陽伯에게 시를 주다

🌐 홍치弘治 18년(1505, 34세)에 부채에 써서 보낸 시이다. 31세인 1502년에 병을 치료할 목적으로 고향인 여요현餘姚縣으로 돌아와서 양명동陽明洞에 집을 짓고 신선술과 불교 등의 학문을 익힌다. 당시 왕수인은 북경에서 제자를 가르치면서 심학心學을 모르고 과거시험을 통해 입신하려는 사람들만 즐비한 현실을 비판하였다.

양백陽伯은 예전의 백양伯陽[9]과 같은데
백양은 끝내 어디에 있나?
큰 도는 바로 우리의 마음으로
만고에 바뀐 적이 없었네.
영원한 삶은 인仁을 구하는 데 있고
금단金丹[10]은 밖에서 남이 주는 것이 아니네.
잘못 산 30년의 세월

---

9 백양 : 춘추시대 사상가인 노자老子(?~?)의 자이다. 또 다른 자는 담聃이다. 성은 이李이고, 이름은 이耳이다. 인의와 도덕에 구애되지 않고 만물의 근원인 도를 따라 살 것을 역설하고, 무위자연無爲自然을 존중하였다. 저서로 《도덕경道德經》이 있다.

10 금단 : 신선이 만든다는 불로불사의 약이다.

지금에야 비로소 깨달았네.

　제양백이 신선이 되려는 뜻이 있으니, 나는 장차 그를 도에 나아가게
하려 한다. 그가 고향으로 돌아가기에 부채에 시를 써서 이별한다.
　양명산인陽明山人 백안伯安 쓰다.

贈詩陽伯

陽伯舊伯陽,
伯陽竟安在.
大道即吾心,
萬古未嘗改.
長生在求仁,
金丹非外待.
謬矣三十年,
於今吾始悟.

諸陽伯有希仙之志, 吾將進之於道也. 於其歸書扇爲別, 陽明山人伯安識.

제7장
외사촌 아우에게
보내는 편지

- 관직이 낮다고 자신을 멸시하지 마라
- 오직 자신의 뜻을 빼앗기지 않도록 조심해야 할 것이다
- 과거공부와 성인의 학문은 서로 상충되지 않는다
- 학문에 뜻을 세우는 것은 근본이다

1. 관직이 낮다고 자신을 멸시하지 마라

문인방윤聞人邦允을 전송하는 서문

🌐 정덕正德 7년(1512, 41세)에 보낸 글이다. 하급관료인 창협 순검사 순검蒼峽
巡檢司巡檢에 임명되어 부임지로 떠나는 외사촌 문인방윤聞人邦允을 전송하며
편지를 보냈다. 아무리 낮은 관직이라도 위엄을 가지고 최선을 다하여 임무
를 완수하기를 바라는 마음을 담았다.

　문인방윤은 나의 외사촌 아우이다. 그가 복건성福建省 창협蒼峽으로
벼슬을 떠나면서 한마디 말을 청해왔다. 내가 그에게 "위엄을 가져라.
과거시험을 통하지 않고 벼슬에 나아갔다고 하여 자신을 가볍게 여기
지 마라. 영광스럽게 여겨라. 관직이 낮다고 하여 자신을 멸시하지 마
라. 과거시험을 통하지 않고 벼슬에 나가면 남들이 그를 대우할 때 경시
하기 쉬운데, 이를 따라 자신을 가벼이 여기는 사람이 있다. 벼슬이 낮
으면 남들이 그를 대우할 때 멸시하기 쉬운데, 이를 따라 자신을 멸시하
는 사람들이 있다. 과거시험에 합격하면 임금을 위해 몸을 바쳐야 하는
데, 이를 믿고서 포악한 짓을 한다면 재앙의 실마리[厲階][1]가 된다. 높은

---

1 재앙의 실마리[厲階] : 《시경詩經》 〈상유桑柔〉에 "누가 재앙의 실마리를 만들어 지금에
　이르도록 병들게 하였는가.[誰生厲階 至今爲梗]"라는 구절이 있다.

지위를 가지면 도를 행하여야 하는데, 이를 매개로 이익을 꾀한다면 벼슬을 도적질하는 밑천으로 삼는 것이니, 자신에게 무슨 소용이 있겠는가? 내가 말한 위엄을 가지라는 것은 내가 가지고 있는 것이 양귀良貴[2]이지 남들에게 뽐내거나 오만하게 하라는 뜻이 아니다. 내가 말한 영광스럽게 여기라는 것은 나 자신의 직분을 가벼이 여겨 다하라는 것이지 남들에게 드러내거나 과시하라는 뜻이 아니다.

대저 양귀로 위엄을 삼고 직분을 다하는 것으로 영광을 삼는다면 남들이 나를 가벼이 여기거나 멸시하는 것이 또한 자신에게 무슨 소용이 있겠는가? 가거라. 내가 무슨 말을 하겠느냐."라고 하였다.

정덕正德 임신壬申년(1512) 5월 양명거사陽明居士 백안伯安 왕수인王守仁이 신독헌愼獨軒에서 쓰다.

送聞人邦允序.

聞人(言)[3]邦允者, 陽明子之表弟也, 將之官閩之蒼峽而請言. 陽明子謂之曰, 重矣, 勿以進非科第而自輕, 榮矣, 勿以官卑而自慢. 夫進非科第, 則人之待之也

---

2 양귀 : 《맹자孟子》〈고자 상告子上〉에 "귀하고자 함은 사람의 똑같은 마음이니, 사람마다 자기에게 귀함이 있건마는 생각하지 않아서 모를 뿐이다. 남이 귀하게 해 준 것은 양귀良貴가 아니니, 조맹이 귀하게 해준 것을 조맹이 능히 천하게 할 수 있다.[孟子曰 欲貴者人之同心也 人人有貴於己者 弗思耳 人之所貴者 非良貴也 趙孟之所貴 趙孟能賤之]"라는 구절이 있다. 남이 귀하게 해준다는 것은 남이 작위를 내 몸에 가해준 뒤에 귀하게 됨을 이른다. 양良은 본연의 선善을 말하며, 양귀는 남이 천하게 할 수 없는 것이다.

3 (言) : 절강고적출판사에서 간행한 《왕양명문집王陽明文集》에 근거하여 연문衍文으로 처리하였다.

易以輕, 從而自輕者有矣, 官卑, 則人之待之 也易以慢, 從而自慢者有矣. 夫科第以致身, 而恃以爲暴, 是厲階也, 高位以行道, 而遽以媒利, 是盜資也, 於吾何有哉? 吾所謂重, 吾有良貴焉耳. 非矜與敖之謂也, 吾所謂榮, 吾職易擧焉耳, 非顯與耀之謂也.

夫以良貴爲重, 擧職爲榮, 則夫人之輕與慢之也, 亦於吾何有哉! 行矣, 吾何言!

正德壬申五月, 陽明居士, 王守仁伯安, 書於愼獨軒.

2. 오직 자신의 뜻을 빼앗기지 않도록 조심해야 할 것이다

문인방영聞人邦英과 문인방정聞人邦正에게 부치다

🔵 정덕正德 13년(1518, 47세)에 보낸 편지이다. 훌륭한 자질을 가진 외사촌 아우인 문인언聞人𦤀과 문인전聞人詮 형제에게, 과거공부가 학문에 방해가 될 것이라 걱정하지 말고, 오직 자신이 세운 뜻을 빼앗기지 않도록 당부하였다.

그대 형제는 영민하고 학문을 좋아하니[4] 우리 집 형제인 수문守文·수장守章이 아침저녁으로 너희들의 도움에 힘입어 학문을 연마하고 있다는 소식을 듣고 매우 기뻤다. 너희들의 편지를 받고 학문으로 나아가는 정성을 갖추어 알게 되어 매우 위안이 되었다. 집안은 가난하고 부모님은 연로하시니 어찌 벼슬을 구하지 않겠느냐? 벼슬을 구하면서 과거공부를 하지 않는 것은 도리어 사람이 자신이 할 일을 다하지 않고 한갓 천명에 책임을 돌리는 것이니, 이러한 이치는 없는 것이다. 그러나 학문에 뜻을 세우는 것이 견고하다면 일마다 도를 다할 수 있고, 과거시험의 당락으로 마음이 동요되지 않는다면 아무리 부지런히 과거공부를 하더

---

4 영민하고⋯⋯좋아하니 : 《논어論語》〈공야장公冶長〉에 자공子貢이 공문자孔文子를 어찌하여 문文이라고 시호하였는가 묻자, 공자가 "영민하면서도 배우기를 좋아하고, 아랫사람에게 묻기를 부끄러워하지 않았다. 이 때문에 문이라 시호한 것이다.[敏而好學 不恥下問 是以謂之文也]"라는 구절이 있다.

라도 스스로 성현의 학문에 방해가 되지 않을 것이다.

만약 원래 성현이 되려는 뜻을 구함이 없다면 아무리 과거공부를 하지 않고 매일 도덕을 담론하더라도 다만 몸 밖의 것을 힘쓰고 뽐내기를 좋아하는 병만 이룰 뿐이다. 이는 옛날 사람이 "방해가 될 것이라고 걱정할 것까지는 없다고 하더라도 오직 자신의 뜻을 빼앗길까 걱정해야 할 것이다."[5]라는 말을 하였던 이유이다. 뜻을 빼앗긴다고 말하였다면 이미 뜻을 빼앗길 만한 점을 가지고 있다는 것이다. 만약 빼앗길 만한 뜻이 있지 않다면 도리어 또 깊이 생각하고 의심하고 반성하여 빨리 뜻을 두도록 도모하지 않아서는 안 된다.

매번 우린 형제들의 자질이 훌륭한 것을 생각하며 간절히 그리지 않은 적이 없었다. 아름다운 자질은 얻기는 어렵지만 망가뜨리기는 쉽고 지극한 도는 듣기는 어렵지만 잃어버리기는 쉬우며, 젊은 시절은 만나기는 어렵지만 흘려보내기는 쉬우며, 습속은 고치기는 어렵지만 습속과 함께 흘러가기는 쉽다. 형제는 부지런히 노력하라.

寄聞人邦英·邦正.

昆季敏而好學, 吾家兩弟得以朝夕親資磨勵, 聞之甚喜. 得書備見向往之誠, 尤極浣慰. 家貧親老, 豈可不求祿仕? 求祿仕而不工擧業, 却是不盡人事而徒責

---

5 방해가……것이다 : 《성리대전性理大全》 55권과 《정씨외서程氏外書》에 송유宋儒 정이천程伊川이 "과거공부를 한다고 해서 학문연구에 방해가 될 것이라고 걱정할 것까지는 없다고 하더라도 오직 자신의 뜻을 빼앗길까 걱정해야 할 것이다.[科擧之事 不患妨功 惟患奪志]"라고 한 말이 있다.

天命, 無是理矣. 但能立志堅定, 隨事盡道, 不以得失動念, 則雖勉習擧業, 亦自無妨聖賢之學.

若是原無求爲聖賢之志, 雖不業擧, 日談道德, 亦只成就得務外好高之病而已. 此昔人所以有不患妨功, 惟患奪志之說也. 夫謂之奪志, 則已有志可奪, 倘若未有可奪之志, 却又不可以不深思疑省而早圖之.

每念賢弟資質之美, 未嘗不切拳拳. 夫美質難得而易壞, 至道難聞而易失, 盛年難遇而易過, 習俗難革而易流. 昆玉勉之!

3. 과거공부와 성인의 학문은 서로 상충되지 않는다

문인방영聞人邦英과 문인방정聞人邦正에게 보낸다

🔵 정덕正德 13년(1518, 47세)에 보낸 편지이다. 과거공부와 성인의 학문이 서로 상충된다고 생각하는 것은 잘못이니, 뜻을 세우고 의지를 견고히 하여야 비로소 세속의 일들에 흔들림이 없을 것임을 강조하고 있다.

　편지를 받고 형제들이 뜻을 집중하는 것이 범상치 않다는 것을 알았다. 이것은 진실로 내가 간절히 바라던 것이었으니 얼마나 다행이냐! 세속의 견해야 어찌 논할 가치가 있겠느냐? 군자는 오직 옳은 것만을 추구할 뿐이다. "벼슬하는 것은 가난 때문이 아니지만, 때로는 가난 때문에 벼슬하는 경우도 있다."[6]라고 하였으니, 옛 사람들도 모두 이렇게 하였는데 우리만 어찌 그렇지 않겠느냐? 그러나 과거공부와 성인의 학문이 서로 상충된다고 말하는 것은 잘못이다.

　정자程子가 "마음속으로 학문을 잊어버리지 않는다면 비록 세속의 일을 접하더라도 실제의 학문 아닌 것이 없고 도道 아닌 것이 없다."[7]라고

---

6 벼슬하는……있다 : 《맹자孟子》〈만장 하萬章下〉에 나오는 구절이다.

7 마음속으로……없다 : 《장자전서張子全書》권6에 "사람이 비록 학문에 공 들일 틈이 없다 하더라도, 마음속으로는 역시 배우는 일을 잊어서는 안 될 것이다. 마음속으로 학문을 잊어버리지 않는다면 비록 사람의 일을 접하더라도 곧 실제로 학문을 실천하

하였으니, 하물며 과거공부야 말해 무엇하겠느냐? 과거공부와 성인의 학문이 서로 상충된다고 말하는 것도 잘못이다. 정자가 "마음속으로 학문을 잊어버리면 비록 종신토록 그것을 말미암는다고 하더라도 이는 다만 세속의 일일뿐이다."[8]라고 하였으니, 하물며 과거공부야 말해 무엇하겠느냐?

잊음과 잊지 않음의 사이는 드러낼 수가 없지만 요점은 깊이 생각하고 묵묵히 깨달음에 있으니, '잊어버리지 않아야 한다'고 지목하여 말한 것이 과연 무슨 일이겠느냐? 이를 알면 학문을 알 것이다. 아우들은 정밀하고 익숙히 하여 털끝만큼의 차이로 천리의 오류가 발생하지 않도록 하는 것이 옳겠다.

寄聞人邦英·邦正.

得書, 見昆季用志之不凡, 此固區區所深望者, 何幸何幸! 世俗之見, 豈足與論? 君子惟求其是而已. 仕非爲貧也, 而有時乎爲貧, 古之人, 皆用之, 吾何爲獨不然, 然謂擧業與聖人之學相戾者, 非也. 程子云, 心苟不忘, 則雖應接俗事,

---

는 일이 되어서 도 아닌 것이 없게 된다.[人雖有功不及於學 心亦不宜忘 心苟不忘 則雖接人事 卽是實行 莫非道也]"라는 구절이 있다. 이것은 장재張載의 말이니, 정자程子의 말이라고 한 것은 왕수인의 잘못이다.

8 마음으로……일일뿐이다 : 《근사록집해近思錄集解》〈위학爲學〉에 "사람이 비록 공부가 학문에 미치지 못함이 있더라도 마음속으로 또한 잊어서는 안 되니, 마음에 학문을 잊지 않으면 비록 인간의 일을 접하더라도 바로 진실한 행실이어서 도道 아님이 없고, 마음속으로 학문을 잊어버리면 비록 종신토록 그것을 말미암는다고 하더라도 이는 다만 세속의 일일뿐이다[人雖有功不及於學 心亦不宜忘 心苟不忘 則雖接人事 卽是實行 莫非道也 心若忘之 則終身由之 只是俗事]"라는 구절이 있다. 이 역시 장재張載의 말이다.

莫非實學, 無非道也. 而況於擧業乎? 謂擧業與聖人之學不相戾者, 亦非也.

程子云, 心苟忘之, 則雖終身由之, 只是俗事. 而況於擧業乎?

忘與不忘之間, 不能以發, 要在深思默識, 所指謂不忘者果何事耶, 知此則知學

矣. 賢弟精之熟之, 不使有毫釐之差·千里之謬可也.

4. 학문에 뜻을 세우는 것은 근본이다

문인방영聞人邦英과 문인방정聞人邦正에게 부치다

🌐 정덕正德 15년(1520, 49세)에 보낸 편지이다. 왕수인은 한 해 전인 1519년 영왕寧王 주신호朱宸濠가 반란을 일으키자 환관 장충張忠과 안변백安邊伯 허태許泰가 무종武宗을 꾀어 직접 군대를 이끌고 전쟁터에 나가도록 하였다. 그러나 며칠이 되지 않아 왕수인이 주신호를 생포했다는 승전보를 전해와 자신들의 계략이 수포로 돌아가자 장충 일당은 도리어 왕수인이 반란을 일으켰다고 무함을 하였다. 1520년 1월에 무종이 왕수인을 불렀지만 환관들의 농간으로 끝내 무종을 만나지 못하였다.

편지를 받고 생각이 매우 간절하여 멀리 있는 나의 마음에 위안이 되었다. 이를 유지하면서 게을리 하지 않는 것이 내가 말한 뜻을 세운다[立志]는 것이다. "근원이 있는 샘물은 밤낮으로 멈추는 법이 없다. 그리고 구덩이를 채우고 난 다음에야 앞으로 흘러가 드디어는 바다에 이르게 되는데 학문에 근본이 있는 자도 바로 이와 같이 해야 한다"[9]라고 하였다.

뜻을 세우는 것은 근본이다. 뜻을 두고 이루지 못하는 사람은 있지

---

9 근원이⋯⋯한다 : 《맹자孟子》〈이루 하離婁下〉에 나오는 구절이다.

만, 뜻이 없이 이루는 사람은 없는 법이다. 아우들은 부지런히 노력하라!

부모님을 모시는[色養]¹⁰ 형제들과 우애하고[切切怡怡]¹¹ 있을 것이라 생각한다. 친구들과의 교류와 학문을 닦는 것에 게을리 하지 말아서 나의 바람을 저버리지 말기 바란다. 지방이 조금 안정이 되면 벼슬에서 물러날 날이 있을 것이니, 미리 산에서 강의하는 즐거움을 생각하면 기쁜 마음이 나도 모르게 먼저 일어난다.

寄聞人邦英·邦正.

書來, 意思甚懇切, 足慰遠懷. 持此不懈, 卽吾立志之說矣. 源泉混混, 不舍晝夜, 盈科而後進, 放乎四海, 有本者如是.

立志者, 其本也, 有有志而無成者矣. 未有無志而能有成者也. 賢弟勉之!

色養之暇, 怡怡切切, 可想而知, 交修罔怠, 庶吾望之不孤矣. 地方稍平, 退休有日, 預想山間講習之樂, 不覺先已欣然.

---

10 부모님을 모시는[色養] : '색양色養'은 부모님의 안색을 잘 살펴서 봉양한다는 뜻으로, 《논어論語》〈위정爲政〉에 자하子夏가 효에 대하여 묻자, 공자께서 "얼굴빛을 온화하게 하기가 어려우니, 부형에게 일이 있으면 자제가 그 수고를 대신하고, 술과 밥이 있으면 부형이 드시도록 하는 것을 일찍이 효라고 할 수 있겠는가.[色難 有事 弟子服其勞 有酒食 先生饌 曾是以爲孝乎]"라는 구절에서 유래하였다.

11 형제들과 우애하고[切切怡怡] : 《논어論語》〈자로子路〉에 자로가 "어떻게 해야 그 사람을 선비라 할 수 있습니까?"라고 묻자, 공자는 "간절하게 서로 선으로 꾸짖고 화기애애하면 선비라고 할 수 있다. 붕우 간에는 간절하게 책선하고 형제간에는 화기애애해야 하느니라.[切切偲偲 怡怡如也 可謂士矣 朋友切切偲偲 兄弟怡怡]"라는 구절에서 유래하였다.

제8장
외삼촌과
외조카들에게
보내는 시와 편지

- 지난일로 고달프게 후회하지 마십시오
- 사당을 수리할 때 나의 이름도 들보 위에 적을 수 있었다
- 집안의 모든 일들은 삼가고 조심하여라

1. 지난일로 고달프게 후회하지 마십시오

외삼촌에게 부치다

🔅 홍치弘治 18년(1505, 34세)에 보낸 편지이다. 당시 왕수인은 병부兵部 주사主事의 신분으로 있으면서 제자를 가르치기 시작하자 많은 사람이 몰려들었다. 왕수인은 성인聖人이 되려면 우선 성인이 되고자 하는 뜻을 세우는 '입지立志'를 강조하고, 경전을 외우거나 화려하게 글을 짓는 일을 배격하였다. 이러한 그의 학문은 당시 많은 사람에게 비난을 받았지만 담약수湛若水 등은 그의 학문을 높이 여겨 교유하였다.

이 편지는 비록 자신의 외삼촌이지만 처남과 조카에게 보낸 편지에서도 했던 것처럼 "세월은 사람을 기다려주지 않는다.[歲月不待]"라는 말을 강조하며 학문에 열중할 것을 당부하고 있다.

외삼촌의 근황은 어떠신지요?
심성은 늙어도 고쳐지지 않습니다.
세상일은 마음을 번뇌롭게 하고
세월은 기다려 주지 않습니다.
동류들 가운데
고향 이웃에는 몇 사람이나 남아 있습니까?
지금부터는 즐겁게 지내시고

지난일로 고달프게 후회하지 마십시오.

寄舅

老舅近何如,

心性老不改.

世故惱情懷,

光陰不相待.

借問同輩中,

鄕鄰幾人在.

從今且爲樂,

舊事無勞悔.

2. 사당을 수리할 때 나의 이름도 들보 위에 적을 수 있었다

정방서鄭邦瑞[1]에게 보내는 편지

🔵 가정嘉靖 4년(1525, 54세)에 보낸 편지이다. 1월에 왕수인의 아내 제씨諸氏가 사망하였다. 이 해 9월에 아버지를 천주봉天柱峰으로 이장을 하고 어머니 정鄭 태부인은 서산徐山으로 이장하였다. 정 태부인의 무덤은 원래 여요현餘姚縣 혈호穴湖에 아버지와 합장했지만 무덤에 물이 차서 이장을 하였다. 다음 해 계실繼室 장씨張氏를 얻어 첫아들 정억正億을 낳았다. 아들의 이름은 원래 정총正聰이었는데, 이후 수보首輔 장총張璁과 이름이 비슷하여 정억正億으로 개명하였다.

성구산聖龜山[2]의 사당을 수리할 때 외할아버지와 두 번째 외삼촌께서 특별히 들보로 쓸 나무를 주시어 사향社享[3]의 동의를 얻어 나의 이름도 들보 위에 적을 수 있었다. 이곳 사당은 이미 사향에서 향불을 피우는 것과 관계된 곳인데, 어찌 일찍이 고을에 달려가 사실을 알리지 않느냐?

---

1 정방서(?~?) : 왕수인의 외조카이다.

2 성구산 : 여요현餘姚縣 승귀산勝歸山의 다른 이름이다.

3 사향 : 토지신에게 제사를 지내는 것이나 그러한 모임을 이르는 말이었다. 이후 변하여 마을이나 지방의 일을 주관하는 조직이나 모임을 이르는 말로 쓰였다.

줄곧 항가項家에서 저당잡힌 사당을 구입해주기를 기다렸다가 뒤늦게 와서 말을 하니, 이는 향인享人[4]들 스스로가 기회를 놓쳐버린 셈이다.[5] 나는 남들을 위해 부현府縣에 글을 보낸 적이 없으니, 이는 남들도 다 아는 사실이고 이러한 사실을 모두 두 번째 외숙모에게 자세히 말씀드려라. 그리고 두 번째 외숙모를 절대로 이상하게 보지 말거라. 이 사당은 이미 허물어질 운수에 관계되지 않았다. 이러한 사정을 향인들 스스로가 잘 갖추어 고리告理[6]하였으니, 만약 고을 사람들이 약간의 돈을 준비하여 저당 잡힌 것을 되찾으려고만 한다면 현에서 반드시 들어 줄 것이라 생각한다.

너의 대모大母[7]의 병세는 여전하고 약을 먹어도 전혀 효과가 없다. 두 번째 외숙모께서 걱정하시어 사람을 보내 간호해 주시니 매우 감사하다.

양명은 보일寶一에게 편지를 보내니 받아보아라. 사중社中의 향인享人들에게도 알려 주거라.

鄭邦瑞書.

修理聖龜山廟時, 我因外祖及二舅父分上, 特舍梁木, 聽社享將我名字寫在梁

---

4 향인 : 사향社享에 소속된 사람을 이른다.

5 항가에서……셈이다 : 일반적으로 재력을 갖춘 집안에서 마을의 사당에 쓰일 물건들을 구입하여 희사하는 것이 관례였다. 상황으로 보아 마을의 사당이 저당이 잡혀 있어 이를 해결하기 위해 왕수인에게 부탁하여 부현府縣에 글을 써 달라고 하였다.

6 고리 : 소장을 관아에 제출하여 심리해 줄 것을 요청하는 것을 이른다.

7 대모 : 왕수인의 아내 제씨諸氏를 이른다. 정방서鄭邦瑞에게는 표백모表伯母가 된다. 제씨는 홍치弘治 2년(1489)에 왕수인에게 시집와서 가정嘉靖 4년(1525)에 사망하였다.

上. 此廟旣系社享香火所關, 何不及早赴縣陳告?

直待項家承買了, 然後來說, 此是享人自失了事機. 我自來不曾替人作書入府縣, 此是人人所知, 可多多上覆. 二舅母切莫見怪. 此廟旣不系廢毀之數, 社享自可具情告理, 若享人肯備些價錢取贖, 縣中想亦未必不聽也.

汝大母病勢如舊, 服藥全不效. 承二舅母掛念, 遣人來看, 多謝多謝!

陽明字寄寶一任收看, 社中享人, 亦可上覆他.

3. 집안의 모든 일들은 삼가고 조심하여라

정방서鄭邦瑞에게 보내는 편지

🌐 가정嘉靖 4년(1525, 54세) 4월 3일과 10월 16일에 보낸 편지이다. 이 해 1월에 아내 제씨諸氏가 죽었고, 4월에 서산徐山에 장례를 지냈다.

양명은 편지를 써서 정보일鄭寶一 조카에게 보낸다. 너희 할머니가 주신 장부는 문서를 가지고 하나씩 조사해 낼 수 있을 것이다. 함께 간 사람과 함께 숫자를 대조하고 검토한 뒤에 봉해서 할머니께 보내 보관하시도록 하여라. 가볍게 낭비하지 말거라. 이 말은 너희 할머니께서 거듭 부탁하신 말씀이니 절대로 어겨서는 안 된다. 너희 할머니는 이 장부를 반드시 집에 돌려주기를 바라신다. 나는 고생스럽게 억지로 이곳에 머물고 있으니 네가 나의 생각을 잘 이해하여 내가 너의 할머니를 그릇되게 하는 잘못을 저지르지 않도록 하는 것이 옳겠다. 집안의 모든 일들은 삼가고 조심하여라. 나는 손녀들에게는 오래지 않아 다시 사람들을 보내 데리고 와서 이곳에서 함께 지내려고 한다. 일에 앞서 너에게 말을 해주는 것이다.

4월 3일, 양명은 편지를 써서 여러 아우와 조카들에게 보내니 함께 보아라.

與鄭邦瑞書.

陽明字與鄭寶一官賢侄, 汝祖母所投帳目, 可將文書逐一查出, 與同去人照數
討完, 封送祖母收貯, 不得輕易使費. 此汝祖母再四叮囑之言, 斷不可違. 汝祖
母因此帳目必欲回家, 是我苦苦强留在此, 汝可體悉此意, 勿使我有誤汝祖母
之罪乃可. 家中凡事謹愼小心, 女孫不久還差人來取, 到此同住也, 先說與知
之.

四月初三日, 陽明字與列位賢弟侄同看.

지난번 사람을 보내 두 번째 외숙모를 맞이하려 했었는데, 당시 두 번째 외숙모의 병이 아직 회복되지 않아 마침내 억지로 하지 못하였다. 지금은 병이 완전히 나았다는 소식을 듣고 특별히 사람을 보내 두 번째 외숙모를 맞이하려고 하니, 편지가 도착하는 즉시 손녀를 데리고 이곳에 와서 함께 지내시도록 하기 바란다. 손녀를 왕씨王氏 집안과 혼인하는 일은 이곳에 와서 타당한지 상의하고 나서 허락할 수 있겠다. 모든 일들은 내가 처리할 수 있으니 굳이 마음 쓰지 말거라. 이만 줄인다.

양명은 보일寶一 조카에게 편지를 보내니 받아보아라. 10월 16일.

向曾遣人迎接二舅母, 因病體未平復, 遂不敢強. 今聞已盡安好, 故特差人奉迎. 書到, 卽望將帶孫女來此同住. 其王處親事, 須到此商議停當, 後然可許. 一應事務, 我自有處, 不必勞心也, 不一一.

陽明書致寶一姪收看, 十月十六日.

왕수인王守仁 연보[1]

1472년 절강성浙江省 소흥紹興 여요현餘姚縣에서 태어남. 아명은 운雲이고, 자는 백안伯安.

1476년(5세) 아명인 운雲을 수인守仁으로 개명함. 《논어論語》〈위령공衛靈公〉의 "지혜가 거기에 미치더라도 인仁이 그것을 지킬 수 없으면 비록 얻었더라도 반드시 잃는다.[智及之 仁不能守之 雖得之 必失之]"라는 구절에서 뜻을 가져옴.

1481년(10세) 아버지 왕화王華가 장원급제함.

1482년(11세) 할아버지 왕륜王倫을 따라 북경으로 이주함.

1484년(13세) 어머니 정씨鄭氏 사망.

1486년(15세) 집을 나가 거용관居庸關 등 한 달 동안 장성長城 안팎의 산천을 두루 둘러보고 말타기와 활쏘기를 익힘.

1488년(17세) 강서성江西省 포정사참의布政司參議의 딸 제운諸蕓과 결혼함.

---

1 《칼과 책》(글항아리, 2019)에 실린 연보를 참고하였다.

1489년(18세) 할아버지 왕륜이 사망함.

1492년(21세) 절강성浙江省 향시에 급제함.

1493년(22세) 북경 회시會試에 낙방함.

1496년(25세) 회시에 낙방함.

1497년(26세) 병법을 익힘.

1499년(28세) 회시에 2등으로 급제함.

1500년(29세) 형부刑部 운남청리사雲南淸吏司 주사主事에 임명됨.

1502년(31세) 회계산會稽山 양명陽明 동굴에 거주하며 자호를 양명자陽明子라고 함.

1504년(33세) 9월에 병부兵部 무선사武選司 주사主事에 임명됨.

1505년(34세) 담약수湛若水와 친분을 맺고 성학聖學을 강론함. 뒷날 담약수가 왕수인의 묘비명을 씀.

1506년(35세) 환관 유근劉瑾의 횡포를 비판하는 상소를 올렸다가 도리어 투옥되어 곤장 40대를 맞음.

1507년(36세) 귀주성貴州省 수문현修文縣 역승驛丞으로 좌천됨. 유근이 보낸 자객을 피해 전당강錢塘江에 뛰어들어 무이산武夷山으로 몸을 피함.

1508년(37세) 귀주성 용장龍場에 도착하여 도를 깨우침.

1509년(38세) 5월에 강서성江西省 여릉廬陵 지현知縣에 임명됨. 환관 유근이 주살됨. 12월에 남경南京 형부刑部 사천청리사四川淸吏司 주사主事에 임명됨.

1511년(40세)   1월에 이부吏部 험봉사驗封司 주사主事에 임명됨.
10월에 문선文選 청리사淸吏司 원외랑員外郞에 임명됨.

1512년(41세)   2월에 고공사考功司 낭중郞中에 임명됨.
12월에 남경南京 태복시太僕寺 소경少卿에 임명됨.

1514년(43세)   4월에 남경南京 홍려시鴻臚寺 경卿에 임명됨.

1515년(44세)   사촌 동생 왕수신王守信의 다섯째 아들 왕정헌王正憲(당시 8세)을 양
자로 들임.

1516년(45세)   도찰원都察院 좌첨도어사左僉都御史에 임명되어 감주贛州와 정주汀州
등을 순무함.

1517년(46세)   1월 감주贛州에 도착함.
2월에 장남漳南의 도적떼를 소탕함.

1518년(47세)   3월에 이두浰頭의 여러 도적떼를 평정함.
6월에 우부도어사右副都御史에 임명됨.

1519년(48세)   6월에 풍성현豊城縣에 도착하여 영왕寧王 주신호朱宸濠의 반란 소식
을 듣고 길안吉安으로 돌아가 병사를 조직한 후 43일만에 평정함. 할
머니 잠씨岑氏가 사망함.

1521년(50세)   1월에 사직 상소를 올렸으나 받아들여지지 않음.
9월에 아버지 왕화가 사망함.

1525년(54세)   1월에 아내 제운諸蕓이 사망함.
10월에 양명서원陽明書院을 건립함.

1526년(55세)   둘째 아내 장씨張氏 사이에서 아들 정총正聰이 출생함.

1527년(56세)   도찰원都察院 좌도어사左都御史에 임명됨.

1528년(57세) 2월에 광서성 사은思恩과 전주田州에서 난리를 평정함.
7월에 팔채八寨와 단등협斷藤峽의 도적떼를 섬멸함.
11월 29일 귀가하던 도중 강서성 남안부南安府 대유현大庾縣 청룡포
靑龍鋪 배 위에서 사망함.

1529년 절강성 소흥 홍계洪溪에 묻힘.

1567년 신건후新建候의 작위와 문성공文成公이라는 시호가 내려짐.

1584년 공자묘에 배향됨.

왕양명 집안 편지 — 왕양명가서王陽明家書

2021년 5월 17일 초판 1쇄 발행

번역	박상수
발행인	전병수
편집·디자인	배민정
발행	도서출판 수류화개
	등록 제569−251002015000018호 (2015.3.4.)
	주소 세종시 한누리대로 312 노블비지니스타운 704호
	전화 044-905-2248
	팩스 02-6280-0258
	메일 waterflowerpress@naver.com
	홈페이지 http://blog.naver.com/waterflowerpress

ⓒ 도서출판 수류화개, 2021

값 15,000원
ISBN 979-11-971739-4-3 (03820)